走近古典品人生

温庭筠：
盛唐花色与词情

白凝·著

哈尔滨出版社
HARBIN PUBLISHING HOUSE

图书在版编目（CIP）数据

温庭筠：盛唐花色与词情 / 白凝著. —哈尔滨：哈尔滨出版社，2018.7
（走近古典品人生）
ISBN 978-7-5484-3770-3

Ⅰ. ①温… Ⅱ. ①白… Ⅲ. ①温庭筠（812–约870）–唐诗–诗歌欣赏 Ⅳ. ①I207.22

中国版本图书馆CIP数据核字（2017）第298235号

书　　名：温庭筠——盛唐花色与词情

作　　者：白　凝　著
责任编辑：任　环　王婉竺
责任审校：李　战
装帧设计：上尚装帧设计

出版发行：哈尔滨出版社（Harbin Publishing House）
社　　址：哈尔滨市松北区世坤路738号9号楼　　邮编：150028
经　　销：全国新华书店
印　　刷：哈尔滨市石桥印务有限公司
网　　址：www.hrbcbs.com　　www.mifengniao.com
E-mail：hrbcbs@yeah.net
编辑版权热线：（0451）87900271　87900272
销售热线：（0451）87900202　87900203
邮购热线：4006900345（0451）87900256

开　　本：787mm × 1092mm　1/16　印张：12.5　字数：157千字
版　　次：2018年7月第1版
印　　次：2018年7月第1次印刷
书　　号：ISBN 978-7-5484-3770-3
定　　价：36.80元

序 言

在以诗歌词曲闻名的唐代众多诗词作家中，温庭筠给后世的印象多为一位擅长作花间侧艳之词的浪子。花间飞卿，取名庭筠，晚唐一位放浪不得志的才子。士行尘杂，不修边幅，能逐弦吹之音，为侧艳之词。

的确，《北梦琐言》中有云：“才思艳丽，工于小赋，每入试，押官韵作赋，凡八叉手而八韵成。”在历朝历代中，有如司马相如般文思敏捷者，有如曹植般数步成诗者，而像温庭筠这样八叉手而成八韵者，再无第二人。可就是这样一位才华横溢的诗人，却屡试不第，一生数次渴望入仕报国，而终是“千里梦难寻”。

那么，真实的温庭筠是否一开始就心怀天下，梦想成真呢？他的童年时期又有着怎样令人着迷的故事？为什么总有人把他的名字和一个女子连在一起？他和鱼玄机到底是什么关系，暧昧或是流言蜚语？他的诗词中为什么会有那么多精致动人的女性形象？他是否从来没有在庙堂之高树起自己的一面旗帜，一直都在市井之间黯然神伤？

其实，温庭筠的一生比我们想象的还要坎坷，温庭筠这个人物的性格比诗作中字里行间流淌出来的写照还要饱满，声调激切，时所难著，灯烛之下，雄词卓然。温庭筠的精神世界是我们一了解就无法停下的诱惑，这是历代诸多词家推崇他的根本原因。

软语作开山，画屏金鹧鸪。温庭筠对中国古代文学史中词的贡献比我们原本已知的还要伟大。

作为中国文学史上第一个专力于词的大词人，其词作在词学领域具有“软语作开山”之功，为历代诸多词家所推举，奉为“花间鼻祖”“近世倚声填词之祖”。温庭筠比我们知道的更有人格魅力，纵使仕途之路坎坷压抑，也阻挡不了他蔑视权贵、指斥时政、揭露腐败。

在日益腐朽的晚唐之际，作为唐初宰相温彦博的后裔，尽管出生于没落贵族家庭的温庭筠敏悟过人，心怀天下，渴望重振初唐时期的威风，可曾经辉煌一时的繁荣一去不返，萧条的社会环境引发的荒凉凄苦的时代心理让这个时期的诗人常常流露出矛盾而怅然的一面，花间飞卿就是最好的例子。

“凤凰诏下虽沾命，鹦鹉才高却累身。”翻开这本书，让我们感受温庭筠的“才高累身”，一起解读这位无论多少权贵打压排挤都无法让后世忘记他的才华的温庭筠！在这里，他的恃才傲物、蔑视权贵令你鼓舞；他的才华横溢、热情奔放让你敬佩；他的斗志勇气、步履不停令你叹畏；他的桀骜不羁，却结局凄婉、客死他乡令你扼腕叹息：一代才子，一生寻梦，失意而终，人共憾之。

目录

目录

目录

目录

第一章 年少聪颖，心怀天下

出生·带着书香走来的相门后裔

因为年少，便愿倾尽一世韶华，只为邂逅诗香氤氲的暖。唐诗是一曲婉约之歌，李唐王朝从兴起走到兴盛，再到走向倾颓，最终在历史的车轮下灰飞烟灭，唐诗却随着时光的长河悠悠流淌到如今，信手掬起一捧河水，诗香便缭绕在鼻端，久久不会消散。

在流淌着唐诗的时光长河里，还漂流着一种清香的落花，花间时而缭绕着诗香，时而缭绕着词香，后人将带着这独有香氛的诗与词称为“花间派”，说到“花间派”，就必然想到它的创始人：温庭筠。

大唐是一个才子辈出的时代，“诗仙”李白、“诗圣”杜甫、“诗鬼”李贺，他们的诗篇总能被后人信手拈来，而与这些美名流传千古的大诗人相比，温庭筠的名字似乎显得有些陌生。

每一个人在降生到人世之前，他的祖祖辈辈就已经用自己的经历与地位为他谱写好了一段身世。温庭筠的身世十分传奇，从唐高祖李渊时期开始，他的先祖温彦博和哥哥温大雅就是李渊身边必不可少的文武重臣。

这是最让温庭筠感到自豪的一段身世，远祖温彦博的功业与气节是对他一生的激励。因此，当温庭筠多年以后瞻仰苏武庙时，从苏武被匈奴扣留北海边，放羊十九年而坚贞不屈的经历，便联想到了温彦博当年被囚禁在突厥阴山苦寒之地，依然坚守国家机密的崇高气节。于是，也就有了温庭筠的名作《苏武庙》一诗：

苏武魂销汉使前，古祠高树两茫然。
云边雁断胡天月，陇上羊归塞草烟。
回日楼台非甲帐，去时冠剑是丁年。
茂陵不见封侯印，空向秋波哭逝川。

汉武帝当政时期，天汉元年（公元前100年），西汉大臣苏武奉命以中郎将持节出使匈奴，被扣留匈奴十九年，始终没向敌方的威逼利诱投降。

的确，苏武不屈的精神气节正可谓“李陵罪在偷生日，苏武功成未死时。铁石心存无镜变，君臣义重与天期”。同样，温庭筠诗中流露出来的赞赏和敬佩之情也恰恰是作者本人心怀天下，重情重义的体现，这一点，很大程度上源于温庭筠本人身体里流淌的血脉。

这样一种祖上显赫荣耀，世代官宦，而自父辈起已衰落的家世，对温庭筠的深刻影响便是具有强烈的功名欲望，他的入仕理想，他的心怀天下溢于言表，他希望纂修祖业，承袭门风。这样正是为何生在晚唐没落之际，面对着唐朝颓败的季世，他的诗文里依旧读出一种乘风破浪，诸如“经济怀良画，行藏识远图”的积极进取的句子。这样便不奇怪，他为何能写出《苏武庙》这样的临风怀想之作。

温庭筠凭吊古迹而感慨，遥念先贤，启迪后进，感情极为真挚。“渴饮雪，饥吞毡，牧羊北海边”，十九年如一日，爱国之情丝毫未减，正如温庭筠心中所渴望的“富贵不能淫，威武不能屈，贫贱不能移”的英雄气概。

这首《苏武庙》是温庭筠瞻仰苏武庙后的追思凭吊之作，温庭筠对苏武所怀的敬意委婉而含蓄，其中对苏武刚正不阿的民族气节却表现得热烈而深情。温庭筠用短短数句便概括了苏武牧羊绝塞的单调、孤寂生活，被幽禁匈奴十九年的日日夜夜、环境、经历、心情，读来令人感叹，将这位铁血丹心的汉臣塑造得淋漓尽致，同时也寄托着温庭筠沉沉的爱国情愫。

温庭筠此诗写于晚唐国势衰颓，民族矛盾尖锐之时，表彰民族气节，歌颂忠贞不屈，心向故国，是时代的需要。温氏一族到了温庭筠父亲一辈，却已式微，以至于今天我们再难以考证其父的名字和经历。

这种先世显赫，后渐式微的家族衰落经历，使温庭筠常常感叹出生太晚。于是，在他赶考进士之前，写下了《上裴相公启》这样的豪情壮志：

某启。闻效珍者先诣隋、和，蠲养者必求仓、扁。苟无悬解，难语奇功。至於有道之年，犹抱无辜之恨。斯则没为疠气，来挠至平；敷作冤声，将垂不极。此亦王公大人之所慷慨，义夫志士之所歔欷。某性实颛蒙，器惟顽固。纂修祖业，远愧孔琳；承袭门风，近惭张岱……守土者以忘情积恶，当权者以承意中伤。直视孤危，横相陵阻。绝飞驰之路，塞饮啄之涂。射血有冤，叫天无路。此乃通人见闵，多士具闻。徒共兴嗟，靡能昭雪。窃见玄宗皇帝初融景命，遽恻宸襟。收拭瑕疵，申明枉结。刘丞相导扬优诏，苏许公润色昌谟。……

这篇借书信言志的文字，虽不是诗词，却具有强烈的重振家声的责任感和建立功名的欲望。温庭筠一生不放弃对功名的追求，这一切，也都源自于远祖温彦博的影响。

温彦博的确是一名值得后代子孙崇敬，并值得为之骄傲的人物。温彦博的父亲温君攸，是隋朝末年的北齐文林馆学士、泗州司马。到了隋朝末年，眼见政局混乱，才告病还乡。

隋朝末年，温彦博在朝中任文林郎一职，到了隋唐相争之时，温彦博在幽州总管罗艺帐下为司马，跟随罗艺一同将幽州献给了大唐，温彦博被唐高祖李渊授予总管府长史一职，又获封西河郡公，再被封为中书舍人。

当突厥入侵之时，身为行军长史的温彦博在右卫大将军张瑾兵败之后被俘，突厥人严刑逼供，让温彦博说出大唐的虚实，以及有多少兵马，温彦博咬牙坚持，只字不提。直到唐太宗李世民即位后，突厥才将温彦博放还，唐太宗授予温彦博雍州治中一职，之后升迁为中书侍郎、御史大夫。

到了贞观四年，温彦博再一次升迁，成为中书令，又被唐太宗封为虞国公；贞观十年，温彦博又升任尚书右仆射，一年以后，温彦博带着一身荣耀离开了这个世界，死后又获得陪葬昭陵的殊荣。

自李唐王朝建立，温氏家族的荣耀也一同诞生。都说“富不过三代”，虽然到了温庭筠父辈这一代，温氏家族已经渐渐走向没落，不过，在温彦博之后，温氏家族的确兴盛了很长一段时间。

温彦博的儿子温振，曾任太子舍人；温振的儿子温翁归，曾任库部郎中；温翁归的儿子温续曾任阆州刺史，获封虞公；温续的儿子温曦，曾任太仆卿、驸马都尉；温曦的儿子温西华，也就是温庭筠的爷爷，曾任秘书监、太子都尉。直到温庭筠的父亲温玚才没有任何官职，温家才衰败起来。

就在这个曾经出过宰相的没落贵族家里，一个婴儿背负着整个族人的荣耀以及重新光耀门楣的期望来到了这个世界。他就是温庭筠，他并不是温玚的第一个孩子，在温庭筠之前，家中已经有了一个女孩，在古时，女孩子迟早要嫁作他人妇，光耀温家门楣的期望，自然而然就落到了温庭筠的身上。

可惜，虽然祖辈的光环尚未隐退，可温庭筠的父亲温玚，却并未给温庭筠的人生之路提前铺就好一段锦绣前程。关于温玚其人，古书中并无过多记载，甚至连温庭筠都从未在诗词中提过自己的父亲。

在温庭筠之后，温家又诞生了一个儿子，也就是温庭筠的弟弟温庭皓，似乎从温庭皓出生后不久，温玚便已经离开了人世。

在温庭筠四十岁出头的时候，曾经写过一首《感旧陈情五十韵献淮南李仆射》：

稚绍垂髫日，山涛筮仕年。琴樽陈席上，纨绮拜床前。

邻里才三徙，云霄已九迁。感深情惝恍，言发泪潺湲。

……

有客将谁托，无媒窃自怜。抑扬中散曲，漂泊孝廉船。

未展干时策，徒抛负郭田。转蓬犹邈尔，怀橘更潸然。

……

涩剑犹堪淬，馀朱或可研。从师当鼓箧，穷理久忘筌。

折简能荣瘁，遗簪莫弃捐。韶光如见借，寒谷变风烟。

“怀橘”一词原本出自一个典故。汉朝末年，六岁的陆绩随父亲见袁术，袁术用橘子招待陆绩，陆绩却将三个橘子揣进怀里。临走时，陆绩向袁术跪拜告辞，不承想橘子掉了出来，袁术问他为何要把橘子藏在怀里，陆绩回答母亲爱吃橘子，要带回去给母亲吃。

从此，“怀橘奉亲”便成为了孝敬父母的典故。温庭筠的诗词中只有“怀橘”，却不见父亲，想必是父亲早年离世，留下寡母独自带大三个儿女，其中的孤苦自然可以想象。

而背负着光耀门楣期望的温庭筠，只能从父亲离世的那一刻起，就孤独地品味着家族荣耀的韵脚，用过去的功绩，幻想着未来的桀骜。

故乡·琴瑟和鸣春洲曲

无忧无虑的童年仿佛就在昨天，再回首，已是从前。这就是回忆的伤，懵懂的过往还在眼前模模糊糊地上演，伸手想要留住，那本就不算清晰的影像又无情地飘远，只有影像中的欢声笑语或浅吟低诉，依然在耳畔朦胧地浮现。

不知不觉间，温庭筠已经度过了懵懂的年纪，早早地显示出了在文学上的才华。这并不稀奇，温家祖祖辈辈积累下来的荣耀，让温庭筠即便不算身出名门，至少也算是生于书香门第。

从很小的时候起，他就常常听母亲讲，他的故乡在祁县，远祖温彦博就在那里出生、长大。他还听说，那里是一个峰峦重叠，沟壑交错的地方，有山地，有丘陵，还有浩浩荡荡的汾河水从那里流过，那里的人好像个个都会唱戏，都会剪纸。

可是幼小的温庭筠不知道为什么自己从未去过那里，他只能从母亲温柔的描述里，幻想着故乡祁县的山水和风土人情，无数次在梦中梦见自己拿着鲜红的剪纸，迎着风在汾河岸边奔跑。

祁县，对于温庭筠来说，更像是祖籍，而不是故乡。从一出生，他的故乡就在苏州。

自古以来，江浙一代就以如画的江南山水美景名扬四海，虽然从未去过祁县，温庭筠却并不遗憾，因为他更爱生养了自己的这片江南山水，这里到处都美得醉人，长大一些之后，他更愿意让自己的脚步随性地在这片江南美景中徜徉，走到哪里，就把唯美的诗句留在哪里。

那是一个春日，草长莺飞的江南春景，醉了多少喜欢在美景中流连的文人墨客。温庭筠已经成长为一名翩翩少年，看到这样好的阳光与天气，家中再也关不住那颗渴望投入到美景当中的心，于是，他又一次来到了那个已经去过无数次的地方，那是一处河堤，与众多知名的江南美景相比，这里的景致并不值得一提，可是温庭筠独爱这里的悠然与宁静，来到这里，仿佛能躲避人世间的一切喧嚣，只有一种闲适的意境。

他的双脚在河堤上悠闲地踱步，口中缓缓吟诵着刚刚即兴想到的几句诗：

春州曲

韶光染色如蛾翠，绿湿红鲜水容媚。
苏小慵多兰渚闲，融融浦日鵁鶄寐。
紫骝蹀躞金衔嘶，岸上扬鞭烟草迷。
门外平桥连柳堤，归来晚树黄莺啼。

河堤边的柳树长得正好，柔嫩的柳枝像极了妩媚的江南女子。从河堤远望，还能看到远处如同女子蛾眉一般的青山，春水荡漾，浮起阵阵水汽，笼罩在河边的花草树木上，绿绿的植物被水汽滋养得更加鲜嫩，五颜六色的花朵也被滋养得更加鲜艳，就像美丽的江南女子，娇嫩得仿佛轻轻一掐就会出水。

若说江南美女，世人大多会想到江南名伎苏小小，苏小小之墓，如今就在杭州西湖旁边，温庭筠的故乡在苏州，与杭州同属“人间天堂”，离得并不算远。

身处如此幽静的地方，温庭筠必定会想到同样喜欢安静的苏小小，她向来懒得出游，苏小小的慵懒，水鸟的静谧，嗒嗒的马蹄声，慵懒的心境决定这慵懒的眼中之境，慵懒的自然环境影响着庭筠内心这份温暖。

苏小小是温庭筠笔下出镜率较高的一位。“生在西泠，死在西泠，葬在西泠，不负一生爱好山水”的苏小小，被张振华誉为中国古代第一美女，第一才女。

自古诵咏她的佳作自是不在少数，她是一个优秀的女孩，江南才女，绝代佳人，年少起便居于西湖，喜好和文人雅士们来往，常在她的小楼里以诗会友，她的门前总是车来车往，久而久之苏小小成了南齐年间钱塘一带有名的诗伎。温庭筠的诗中，苏小小如往常一样懒得出游，太阳就这样洒在门前的江上，这时候的水鸟好像也安静地睡着了，在丛丛兰花盛开的水边，一切都是那么悠闲和宁静，湿润和娇嫩。

这种娇媚又安详的宁静被打破了。河堤上装扮得精致的骏马一边缓慢前行一边举头嘶叫。骑在马上的人儿扬起手中的鞭子，驱使着马儿驰骋向前。远处的人一看，茫茫如烟的绿草地上，一匹欢快洒脱的骏马奔跑着，景色看起来令人迷醉和神往。大门外的堤岸上，一排排柳树延伸到平桥，如诗如画，再到黄昏归来，树上黄莺的阵阵啼叫那么令人愉快！悦耳的鸟声，美丽的风景不得不让人感叹，江南真的是风光无限好啊！

河堤边的慵懒，是细心的庭筠眼中的温暖的春天；是这位翩翩少年，游走在太湖，瘦西湖水畔，醉心于江南水乡良辰美景之中的惬意。也许只有像温庭筠这样悠然自得的人才会发现并且享受生活中这些细小的慵懒和闲适吧。

温庭筠偏爱江南的风景，驾驭最多的素材就是水和光。在多首诗歌中都可以寻找到端倪。温庭筠的笔下，无论美景美人还是美情，都是灵动飘逸的，而这也正符合水的特性。水是流动的，洗刷污秽，带来新的生命，万物之源也是来自于水，于是温庭筠的笔下才诞生了那首《南湖》，这正是上述江南春景细如水的最好证明。

湖上微风入槛凉，翻翻菱荇满回塘。
野船著岸偎春草，水鸟带波飞夕阳。
芦叶有声疑雾雨，浪花无际似潇湘。
飘然篷艇东归客，尽日相看忆楚乡。

写下这首诗时，温庭筠已经不再是个只喜欢在河堤岸边静静度过春日的懵懂少年，他的足迹已经去往远方，经历一番兜兜转转，最终还是回到了故乡苏州。

他永远都忘不了这片安静的河堤给了他多少少年时光的抚慰，在回乡之前，就忍不住对这里心生向往。

不过，温庭筠笔下的南湖，却并不在他的故乡苏州，而是位于浙江的绍兴，在离乡打拼之前，少年温庭筠也曾去过那里游玩，只可惜他选的时节不好，不是万物生长的春日，却偏偏是万物萧瑟的秋季。

女子伤春，男子悲秋，坐在槛中望向湖上，看到稍显寥落的南湖秋景，少年温庭筠的情绪也随之一同悲凉了起来。秋风乍起，湖边的风吹在身上，更加重了凉意、湖水中生长的植物也不见夏日时的茂盛，萎靡枯黄地耷拉在湖面上，似乎连水鸟都嫌弃这些已经衰败了的植物，游到它们的身旁，索性凌空飞起，带起阵阵水花，朝着夕阳的方向头也不回地飞远。

可是温庭筠并不是素来喜欢在悲情中缠绵的男子，悲秋之情稍纵即逝，他的心情很快又恢复到了往日的自由自在与无拘无束。春去秋来本是四季轮回，用不了多久，蓬勃的春日又会重现，生活依然一如既往地美好。

那时的温庭筠还是一个踌躇满志的少年，他喜欢读万卷书，更喜欢行万里路，最美的景色总在远方，最好的生活也总在别处。生活刚刚向他展开了热烈的怀抱，他还从未想象过那怀抱中也会有冰冷的角落，于是带着自己全部的热情，一头扎进了生活中热情的那一部分里面。

温庭筠的作品中多有这种热爱生活，善于发现美好的小细节的元素，所以爱情、春景、歌乐也就常常成为他笔下的主题。就像李商隐爱写秋一样，温庭筠对春有一种莫名的偏爱。我想，大概春天的闲适、慵懒的美好和生活的静谧意境是他的追求吧！而这不恰恰又是众多古今“贪闲”人士所毕生向往而不得的吗？你可以说庭筠陷于儿女情长和那些忧国忧民的诗人比起来少了一份担当和稳重，但这种显得小气的“老婆孩子热炕头”的温暖，又有谁不渴望、不想拥有呢？

年少的温庭筠就是一个这样的人，他在苦读诗书、志存高远、心怀天下之外，尽情享受着江南的大好风光。他的诗中无不透露出对这片土地的热爱，那种美好的情怀是他对这片土地的一草一木信手拈来的感情积淀，由内而外地溢于字里行间，自然动人，毫不做作！

吴苑·三尺屏风隔千里

行走，本身就是一个最美的梦。旅途中的山水，都会化作梦境，午夜时分，在脑海中重新放映，再勾起缕缕情丝，写于诗句间，落于纸页上，明明寐寐、懵懵懂懂地记录下当年的那份信誓旦旦。

自从少年时代，温庭筠就从未停止过行走。他有一位伟大的母亲，独自抚养大了三个孩子，除了女儿要养在深闺，男孩子们就让他们随性去远方行走。这位母亲知道，远方才有他们的未来，光耀温家门楣的期望，就背在他们的身上。

少年时的温庭筠，已经隐约流露出一些洒脱的特质，功名利禄他似乎并不看重，虽然也期望能为家族增添荣耀，但他更向往无拘无束的生活，于是，行走在路上的他，想要寻找的并不是飞黄腾达的机会，而是千金难寻的诗性。

那一日来到吴苑，正是梅子青青的春日，吴苑就是吴王曾经的宫苑。当年占据丰饶物产的江南，该是多么热闹的一番景象，那时的吴苑之内，一应物品想必都是最好的吧，可惜行走在如今吴苑的断壁残垣之间的温庭筠，却找不出一丝一毫富丽堂皇的影子。

如果在当年的吴国，吴苑必定是有重重兵士守卫，闲人不能轻易靠近半步。如今，吴苑残破的墙上虽然还有一扇门，却早已闭合不上。大敞四开的门，仿佛是在欢迎世上所有人到这里来欣赏它如今的破败。

温庭筠几乎能想象出每当风雨来临，这扇红色的小门被吹得忽开忽合的无奈。

破败的吴苑早已没有人照看，庭院中的梅花因为没有人照料、修剪，只能自开自落，自结青青的梅果。虽然梅果挂满枝头的场景，看上去显得那样生生不息，可是只要想起吴苑之内当年的繁荣盛况，总是不免让人心生荒凉。

不过，温庭筠却在衰败的景致里守护着自己的一份悠然自得，历史已成过往，他不会为古人落泪，偶尔看到动情处，便唏嘘感叹几句，除此之外，便都是以游客的心态信步徜徉。

吴苑之内早已经没有一栋完整的建筑，到处都是损毁的墙壁，依稀可见当年奢华的影子，温庭筠来到一堵断壁后面，墙壁已经被损坏得不成样子，只有最后一扇依然镶嵌在墙壁上的窗子，表明它曾经是一堵墙壁。

温庭筠站在窗子后面，透过窗子望向吴苑的庭院，里面竟然连一棵树都没有剩下，到处光秃秃，平坦坦，如果吴王夫差知道吴苑此刻的颓败，不知是否会气得从坟墓里坐起来。

想到这里，温庭筠的嘴角扬起了一抹淡淡的笑意，吴国的灭亡，都是因为夫差的荒淫，即便是气得爬出坟墓，他又能去找谁泄愤呢？

转过头来，温庭筠看到了一座屏风，宽不过三尺，这么多年过去，屏风早已经破败得不成样子，可是既然是吴苑中的物品，当年一定是最精巧华丽的吧。可叹荒淫无度的夫差，正是被这三尺屏风阻隔了一切视听，将自己最大的敌人留在身旁，日日卧薪尝胆，伺机报复，却浑然不知。

不过，温庭筠的心中很少有阴暗邪恶的东西，他描写的事物都披上了艳丽的华衣。他用繁华衬托荒芜，而不是以荒芜写荒芜；总是以美来写令人惋惜之事，以喜乐来衬托悲哀，这是他的美学思想和艺术风格。温庭筠写无人照料的梅树硕果累累，他为梅子庆幸，更为梅子悲哀，甚至站在窗前向外望去，一片绿色一览无余。远眺吴江就像一幅淡淡的水墨画，水天相接的意境令人神往。三尺屏风将千里之外的世界隔绝了，小苑就只剩下小苑，这一片小小天地里朱红色的大门依旧为您打开。这两句的发挥是作者想象的极致，也是全诗的关键所在。

几句诗词，早已在他的脑中酝酿而出：

吴苑行

锦雉双飞梅结子，平春远绿窗中起。
吴江澹画水连空，三尺屏风隔千里。
小苑有门红扇开，天丝舞蝶共徘徊。
绮户雕楹长若此，韶光岁岁如归来。

行走的脚步一旦开始，便不会轻易停下。因为外面的世界太过美好，温庭筠的心中又独守着家乡河堤边的一抹静谧。世事繁华不会乱了双眼，功名利禄不会迷了心智。少年时代是最美好的光阴，温庭筠不愿将这样美好的光阴虚度，他要去看看这个世界，想要知道大唐的河山究竟有多么波澜壮阔。

不过，少年时代的温庭筠，足迹大多依然停留在江南一带。的确，生于江南，长于江南，让温庭筠对江南自有一种别样的情愫，如画的江南，已经足够他欣赏一段光景，少年温庭筠还没有真正长大，在成年之前，他需要这如画的山水来保持他内心的纯净。

那一日，温庭筠又来到溪上，他对水最是情有独钟，每当看到水面的烟波浩渺，心中便无法抑制地衍生阵阵情愫。

正是盛夏，溪上池中的荷花开得正好，万千花蕊都呈现出粉嫩的娇羞姿态，一阵清风吹过，柔嫩的荷花不敌风的力道，朝着一边轻轻翻起，露出了洁白的花瓣底色。池塘边上还开着成串的蓼花，刚刚下过一场小雨，本就鲜红的蓼花在雨滴的浸润下红得更加娇艳。

温庭筠有些羡慕荷花，既有鲜红的蓼花陪伴，还有羽毛洁白的水鸟站在水中守护，水鸟的羽毛已经被池水打湿，可是它一副毫不在乎的样子，似乎只要能够守在荷花的身边，便已经无欲无求。

池水偶尔轻轻荡漾，漾起一圈水纹，忽然从水纹中跃起一条金色的鲤鱼，朝着荷花的方向跳跃，可惜没有触碰到，又跌进水里。

仿佛世间的一切生命都在为荷花而倾倒，看着远处即将落下的夕阳，温庭筠缓缓吟诵道：

溪上行

绿塘漾漾烟濛濛，张翰此来情不穷。
雪羽褵褷立倒影，金鳞拨剌跳晴空。
风翻荷叶一向白，雨湿蓼花千穗红。
心羡夕阳波上客，片时归梦钓船中。

温庭筠的文笔中，已经开始呈现唯美的情愫。他的心中没有一丝一毫的险恶，即便是看到萧条与阴暗，联想到的也都是美丽的画面。

这样纯净的心绪实在难得，尤其是一名才华横溢的诗人，能够不用悲情做韵脚，就已经实属难得。不过，温庭筠的心中不仅只有婉约和缠绵，身为男子，他也有壮志豪情，听说钱塘江潮起时的波澜壮阔，他也心生向往，特意来到钱塘江畔，不过，他来的并不是时候，钱塘江只有在夏末时节才有壮观的大潮出现，温庭筠到的时候，正是春日时分。

似乎不分任何时节，钱塘江畔总是往来着络绎不绝的游客，游客的马儿在如织的春色中轻声嘶鸣，热闹的景象让温庭筠觉得心情豁然开朗，站在钱塘江畔，他留诗一首以做纪念：

堂堂曲

钱唐岸上春如织，淼淼寒潮带晴色。
淮南游客马连嘶，碧草迷人归不得。
风飘客意如吹烟，纤指殷勤伤雁弦。

一曲堂堂红烛筵，长鲸泻酒如飞泉。

一朵云，一片天，一泉水，都给了温庭筠灵感。是江南这片人杰地灵的宝地孕育了如温庭筠一般聪慧的诗人。温庭筠对这些景物投入了大量的感情，并且因为长期游走于声色之中，在烟花中与那些身怀才艺的奇女子交情不浅，温庭筠能够很好地寓情于景。

万物复苏，一年之计在于春。春天，人们有无限的希望，看着春色盎然，人们感觉到仿佛有万丈豪情，没有什么事情是办不到的。春季的迷人之处，在于它混合了柔美与坚强。一切都刚刚发生，是娇嫩的，需要呵护的，引人怜爱的，是渺小的，但是孕育着希望和未来。然而一切都是最有力量的，最具有生命的仪式感的。

水的灵动，光的虚幻，搭配在一起，衍生万物，虚实交融。光是直接的，是属于男性的刚强；水是流动的，是属于女性的柔美。水光相缠，于景，波光粼粼，水光潋滟，折射天地万物，是天与地最原始的融合交汇；于情，是亘古不变的那一抹温柔，阴阳相合，力量搭配着温柔，是最原始的美丽。

骨子里，温庭筠是无忧无虑、潇洒、开朗的。这些情怀可以从他的诸多诗词中初见端倪。在后面诸多的诗词欣赏中，我们都不难发现字里行间的这种澎湃。

年轻的温庭筠，尚不知忧愁，他以为一切都会按照自己的计划来，一切仿佛尽在手中。少年的纯真爬上眉梢，点缀着那个稚嫩倔强的脸庞。此时的温庭筠仍不知未来这一生的艰难与坎坷。

可以毫不夸张地说，此时的温庭筠，就是在烟花之地，大放异彩的儒雅公子。在家乡，他享受着最纯粹的快乐。

心怀·秦女含颦向烟日

不断的愁绪，感怀到的是一抹伤心。愁绪是可以用来聆听的，并非只有经历过世事的苍凉巨变，才懂得何谓忧愁，有时候，那一抹忧愁无须源自于心，而是从举止与眉眼间体会出来。

温庭筠的诗词，常常给人一种华丽的感觉，但是因为诗词所描写的多是女性角度的感情，所以这看似绚烂缤纷的诗词后面，隐藏着厚厚的哀愁，朦胧之中的暧昧，也多是有因无果的单相思和求而不得的悲喜剧。

温庭筠不仅开创了花间派的写作手法和意境，也更好地延续了唐诗经过几百年来积累下来的精华，将这种美学与感情的结合发挥到了极致。

少年时期的温庭筠游走在江南大地，对家乡苏州有着深厚的感情，常言道一方水土养一方人，吴侬软语，儿女长情，天时地利人和，造就了独树一帜的温庭筠。

温庭筠的诗词中，写出了很多隽永清秀的咏叹家乡风景、家乡女子的诗歌，从一而终，无论走到哪里，无论年龄几许，温庭筠心中仍旧难忘水乡的一抹温柔，他坚持这种纯粹的美。在这些如梦如幻，虚实相交美好的意境中，春夏四季，喜怒哀乐，是诗歌中永恒的主题。而江南的春天虽然短暂，却是最能体现江南风光的代表季节之一。

温庭筠对女人的理解，细致入微。因为擅长乐府诗歌，又对多种乐器驾驭得游刃有余，常出入烟花青楼，乐府画舫，和形形色色的女子接触都比较亲近。再加之天生的细腻，温庭筠不仅可以从男人角度理解女人，也能从女性自身角度出发，切身理解种种相思之痛。

女人的万般思绪，都离不开一个“情”字。情，也是花间派诗词的主旨之一。春天，世界已经苏醒，人们内心的种子也纷纷破土发芽。正是在这样的环境下，咏春的诗歌夹杂着叙述不同的感情，寓情于景，巧妙借用岸边垂柳，江上明月，再自然不过，一切水到渠成，自然而然，毫不突兀。

游走于江南时，温庭筠第一次知道了世间还有“艺伎”这样一种女子，她们能歌善舞，模样俊俏，可惜不是生在穷困之家，就是赶上家道中落，沦落到欢场，靠卖艺为生。

温庭筠虽然不是女子，却从她们强作欢颜的表情中读出了心中的酸楚。如果能够清清静静地过着平凡的生活，谁愿意抛头露面在欢场中求生存？

这些艺伎中的一个女子引起了温庭筠的注意，她的容貌并非十分俊美，却自带一种清冷的气质，她不愿谈及自己的出身，可从言谈举止和举手投足之间，温庭筠能看出她一定出自书香门第。也许是家中遭遇了什么变故，不得已来到这里谋生。

她在寂静的夜里，独对一轮明月，凭栏眺望，回想自己的身世和曾经的故事，脸上流露着淡淡的忧愁。

温庭筠也不过是个穷书生，他无法为这名女子提供太多帮助。可是他总想送她一些什么，对于这样气质纯净的女子，似乎也只有诗词才不会玷污了她的纯洁。于是，温庭筠为她写下一首《惜春词》：

百舌问花花不语，低回似恨横塘雨。
蜂争粉蕊蝶分香，不似垂杨惜金缕。
愿君留得长妖韶，莫逐东风还荡摇。
秦女含颦向烟月，愁红带露空迢迢。

静默的春夜里，刚刚下过一场贵如油的小雨，那些娇嫩欲滴的花朵，本来争芳斗艳立在枝头，这会纷纷低头不语，看似欲语还休的模样，实则都在心里责怪横塘突如其来的春雨。为什么这些花儿都默不作声了呢？这样含情脉脉垂下了头，莫非是在嗔怪横塘之雨吗？

温庭筠借用女子的心境，来表达自己的心情。为什么垂柳要这样默不作声？为什么大好的春色中，抢有最耀眼的那一抹新绿的垂柳是如此忧愁？因为，春光短暂，好景难求。

这一刻看似极美丽，却意味着在下一刻就要走向衰落。无论是自然景色，还是世间百事，尤其是醉人心脾，又叫人肝肠寸断的感情。

温庭筠也因此提醒自己，韶光难再，纵使再美丽的景色，也有谢幕的一天。时光永远不等人，莫不要等时光白了头，到头来空留一声长叹。

希望这美景可以长留，这份感情也可以永驻心间。虽然东风过境，但是不希望这一切的美好随风而逝，这一切最美丽的事物应该是长久于人间的，是最坚定的，是不能随风动摇的。

其实想来令人唏嘘，此刻的美景，或许就是过眼云烟，此刻的良人，或许就是擦肩的过客。其实，只有这一刻，真真正正体会美好的这一刻，才是我们掌握在手中，真正拥有的，只有靠在一起的胸膛，才能体会情欲的浓烈，听到彼此的心跳，才能读懂山盟海誓背后的无奈与希冀。

这位艺伎来自秦地，与温庭筠也不过是擦肩的过客，此生也许再不会有任何交集。可是从这名女子身上，温庭筠想到了一个典故：

春秋时代秦穆公的女儿弄玉的丈夫擅长吹箫，是一名箫吏。弄玉和她的丈夫情投意合，夫唱妇随。有一天晚上，两人在城墙上兴致大起，一同吹箫，悠扬的箫声婉转动听，竟然吸引来了天上的凤凰。最终弄玉夫妇骑上凤凰，随着凤凰升天，羽化成仙，携手恩爱万年。

这位女子一定也渴望像弄玉那样，拥有一位志同道合，彼此心灵相通，可以互相扶持的夫婿。月亮，历来就是愁情的寄托，是对远方亲友的思念，是团聚，也是分别的象征。因为总有月圆月缺，人来人往，有合有散，悲欢离合，是这个世间的万般无奈。

因为身处水乡，入夜，难免会有氤氲之气，水汽缠绕着那轮孤月，朦胧的美带来醉人的忧愁。这位“秦女”无比渴望和弄玉公主一样，觅得良人，执子之手，与子偕老。但是，现实是残酷的。虽然温庭筠很同情她们，但纵使善解人意才华横溢，一旦年老色衰，这些女子只能这样自叹自己的命运，走出去，寻找一段良缘，几乎只是一个美丽的梦想罢了。

美景在前，吟诗作乐的诗人不占少数，温庭筠却能从诗情画意中读出细腻隽永的感情，总能从歌舞升平中读出那些姑娘眼中隐忍的情怀和故事。这和温庭筠的性格是分不开的。

年少时的温庭筠，确实算作风流潇洒，放荡不羁的公子。虽然算不上“陌上人如玉”的公子，但是笔墨浸染，书香熏陶下的温庭筠，也算是翩翩白衣少年，所到之处，皆是一片赞扬和惊叹。

那位来自秦地的艺伎并不是温庭筠唯一为之赋诗的女子。一日，同样是在烟花之地，温庭筠又遇到一名与众不同的女子。她不似别的烟花女子那样尽情卖弄着自己的风情，虽天生娇艳，却只是半倚在窗前，看着飞絮，小扇轻扇，思绪飘向了远方。

她给了温庭筠无限的灵感，于是，软笔轻轻挥舞，便有了这一首《偶题》：

微风和暖日鲜明，草色迷人向渭城，
吴客卷帘闲不语，楚娥攀树独含情。
红垂果蒂樱桃重，黄染花丛蝶粉轻。
自恨青楼无近信，不将心事许卿卿。

诗词最需要的，永远是背后的那个情字。任曲风再柔媚，任词句再氤氲旖旎，这些都是表面，而隐藏于诗歌里的感情才是一首诗歌的灵魂。

而这种感情，也是诗人灵魂深处最纯粹的本质。除却细腻敏感的情怀，温庭筠也是一位乐观开朗的诗人。少年温庭筠，具有一身正义的书卷气，又裹挟着不羁与豪放，饮酒作乐，出口成章。会为一曲琴声击掌，也会为一支美舞叫好。

可以毫不夸张地说，此时的温庭筠，就是在烟花之地，大放异彩的儒雅公子。在家乡，他享受着最纯粹的快乐。

一切温暖美好的事物都在诗词中，心微微一动，整个人都柔软了。微风，情操，樱桃，蝴蝶。天地灵气集于万物，而这万物中的灵气又被温庭筠的聪敏捕捉到，凝成诗句倾于笔下。而又是借由这些景物，诗人巧妙地引出了那种焦灼，娇嗔，欲语还休，翘首企盼的感情："不将心事许卿卿。"

远方的才子温庭筠，在春光中，慵懒无聊，看着一片粉绿交织的景色，挥毫泼墨，即兴作小诗一首。纵是放荡潇洒的公子，笔尖落在最后一句诗的时候，心波也微微流转，心头一紧，想到了那位佳人。

她会给我捎来信息吗？

她还记得我吗？

少年时代的温庭筠，毫无忧愁，心怀梦想，在太湖畔，恣意享受着快乐与佳人的温柔。

寄情·咏柳成万言

如果说水和光的象征，暗喻是放之四海而皆准的诗词意境，那么杨柳、烟月这样的事物就更适合出现在咏春的诗词之中。

然而杨柳频繁地出现在诗词中，尤其是唐诗中。在花间派鼻祖温庭筠的笔下，春天、水边、一抹新绿的倒影，这看似平常的景象背后却孕育着女人的多情。

春天里，刚刚抽出嫩芽的垂柳，枝条在风中摇曳，婆娑妩媚，惜字如金，永远星眸半垂，我见犹怜，从不招蜂引蝶，抢占风头。纵使如此娇柔的垂柳，在一片新绿中默默无闻地美丽着，人们还是无法忽略杨柳的清新脱俗和那一抹淡淡的忧愁。

垂柳是历代诗人所钟爱的意象之一，因为和“留”有着相似的谐音，所以垂柳最常被赋予的意思便是别离之情。这种别离，多是恋人之间的恋恋不舍，而折柳的习惯，更多的是和挚友分别时的馈赠。

垂柳不仅有着迎风轻摆的柳枝，在仲春时节，还有着漫天飞舞的柳絮。柳絮飞扬，虽然是在春天，但是雪白轻柔，仿若春天里下了一场雪。柔软无骨，娇柔妩媚，轻轻地在天空中飞扬，从一抹嫩绿中抽离，皑皑的身子融入湛蓝的天空，柳絮这一美丽的意象，当然没有逃过诗人们敏锐的观察力。所以，垂柳还是遣愁的凭借。

这一年，温庭筠终于来到杭州，他特意来到西湖边上，看看苏小小的墓前是否还有万条垂柳相伴。

当他来到苏小小墓前，不禁感慨，佳人已逝，但是这碧波荡漾的湖水和岸边的垂柳却年年岁岁依旧，美景伴着长眠的美人，年复一年，不曾改变，看似永恒，但是却孕育着新生。苏小小的墓前有着成千上万棵柳树，这些垂柳摇曳着金丝般的柳条，温柔地抚摸着平桥。于是，温庭筠笔下便有了这首诗：

杨柳·苏小门前柳万条

苏小门前柳万条，毵毵金线拂平桥。

黄莺不语东风起，深闭朱门伴细腰。

温庭筠有着明察秋毫的洞察力，又有着细腻的情感，他对于自然景色的联想是旁人所无法企及的。柳绿、金线、黄莺、朱门，一首诗中同时出现四种颜色，并且分别是动物、植物、建筑不同的物品，给人非常形象生动的立体画面感。

柳树明明是新绿，为什么会有“金线”呢？诗人描写的大概就是夕阳西下，余晖笼罩大地之时的绝美景色。试想，云朵被染上了火红色，蔓延半个天际，世间万物都镶上了金边，一切都在夕阳的笼罩下，静谧又唯美。所以此时的柳条看起来也像是“金线”。

这曼妙的柳枝，这样妩媚动人的姿势，在风中风情万种地摇曳，很容易让人联想到妙龄女子，巧笑倩兮，轻摆腰肢。是的，柳枝在微风下徐徐抚摸平桥，这身姿不也就是年轻姑娘的水蛇腰身吗？

温庭筠幻想着苏小小在翩翩起舞时腰肢扭动起来的样子，一定如同柔软的柳枝一般美得醉人。可惜如斯美人，却偏偏是个薄命的女子。苏小小的家中因为经商，曾经十分殷实，她是家中的独女，独得父母万般怜爱。就在十五岁那一年，父母双双离世，她只好变卖家产，在山水间靠积蓄过活。

因为喜欢以文会友，文人雅士都喜欢与苏小小来往，渐渐地，她成为了钱塘一带有名的诗伎。美丽的女子总会邂逅美丽的爱情，一日，苏小小偶遇公子阮郁，两人一见倾心，从此形影不离。阮家听说苏小小是艺伎，把阮郁逼回金陵家中，从此苏小小苦等情人不归，因为相思而病倒，却并未等到阮郁归来。

病好之后，苏小小偶遇一位长得极像阮郁的穷苦书生鲍仁，便资助他进京赶考，可惜佳人薄命，不久之后，苏小小便因病而逝，金榜题名的鲍仁路过苏小小家，得知她的死讯，抚棺大哭，在她墓前立碑——“钱塘苏小小之墓”。

多情女子苏小小墓前的万千垂柳，让柳树从此与相思结缘。当再次遇到苦苦守望离人的女子，温庭筠便愿意用柳丝代她倾诉愁肠。

那一夜，同样是烟花之地，温庭筠却遇到了一个独守深闺不肯展露笑颜的女子。她的闺阁中有即将燃尽的炉香，满室香雾已经渐渐消散，女子的身影在轻薄的香雾后面更显得缥缈如仙，让她看上去不像一个风尘中的女子，更像是一朵养在精致雅室里的兰花。

她的脸上凝结着淡淡的愁容，目光一直眺望窗外的远方，似乎是在期盼什么人的到来。

温庭筠不禁上前攀谈，听到女子的故事，深深为之动容，铺陈纸张，提笔为女子写下一首词：

更漏子·柳丝长

柳丝长，春雨细，花外漏声迢递。惊塞雁，起城乌，画屏金鹧鸪。
香雾薄，透帘幕，惆怅谢家池阁。红烛背，绣帘垂，梦长君不知。

温庭筠用春雨与柳丝言情，便可知这是一个忧伤的故事。原来，女子虽身处红尘之中，却也有深爱之人。三年前，也是在这样一个春雨淋漓的夜晚，他们第一次相遇，这是女子在踏入风尘以来，第一次在男子的面前感到羞怯，也是第一次，她觉得自己不是男人的玩物，而是真的能够品尝到被疼爱的滋味。

他是一个即将去京城赶考的举子，他曾承诺，一旦他在远方求取到功名，就衣锦还乡为她赎身，如今三年已过，又一次的科举也已经结束，可是远方的男子却再无音信。女子不愿相信男子是在欺骗自己，她从此不愿接待任何客人，这间闺房，是留下他们太多浓情蜜意的地方，每到下雨的夜晚，她便独自躲在深闺眺望远方。

再年轻貌美的女子，又能禁得起几个三年的等待？温庭筠看出，岁月已经在女子的眉梢眼角留下了淡淡的痕迹，她虽不算年老，可终日的忧愁在她美丽的容颜上平添了一抹憔悴。

遥远的地方传来了如同柳丝般绵长，春雨般细密的声音。女子说那是更漏的声音，还问温庭筠，为何今日的更漏声不同于往日。温庭筠仔细听来，发现窗外万籁俱寂，只有春雨落在柳丝上和花木中的声音，原来是女子太过伤感，精神也变得脆弱敏感，误将雨声听成了更漏声。

夜的确已经深了，女子依然毫无睡意。她还在想念着远方的人，三年来，她几乎每一个夜晚都是这样度过，魂牵梦萦，心绪不宁，了无睡意。

细密的雨声本是温柔缠绵，却在此刻显得女子的境遇越发凄凉。温庭筠柔声安慰了许久，他不忍心说女子也许是遭到了男子的背叛，只能一遍遍地说着自己也不相信的话，也许他刚刚金榜题名，很快就会来迎接女子。

也许是温庭筠的话语让女子感到了一些力量，在温庭筠离开之后，她终于决定抱着这个甜蜜的梦睡去。看着女子吹熄了摇曳的红烛，放下了床边的帷帐，温庭筠却仿佛将女子的愁绪背在了自己的身上，他知道，女子的梦境哪怕再美好，也许终究无法成真，那个远方的离人，根本无法知道女子对他的思念，如斯情景，多么可悲可叹。

走出烟花之地，看室外的柳枝正在雨中柔媚地随风摇摆，温庭筠再一次为痴情的女子感叹，口中缓缓吟出一首小诗：

杨柳·宜春苑外最长条

宜春苑外最长条，闲袅春风伴舞腰。
正是玉人肠断处，一渠春水赤阑桥。

女子的愁绪已经完全转嫁到了温庭筠身上，都说男子悲秋，可在这一刻，他却深深地感受到了女子的伤春之情。他想到这名女子站在这座赤阑桥上目送男子远去的情形，这一定是她的伤心断肠之地。此刻桥下的一渠春水依然在潺潺流淌，这水中一定有女子滴下的相思之泪，否则为何这流水的声音不似其他水流那般欢快，反而充满了哀怨惆怅的声响？

落寞里有多少惆怅，春夜的相思梦里有多少忧伤？温庭筠已经不愿再将这份苦情再三品味，缓缓踱步离开，雨中月下，他颀长的身影也第一次显得有些寂寥。

第二章

小山重叠，江南成客

风声·夜来霜重西风起

每个人从一出生，便背负着一个行囊。有人一生背着行囊留在原地，割舍不断对乡土的眷恋，有人天生就注定要奔赴远方，因为那里才有诗和田野。

大和初年，二十多岁的温庭筠已经在江浙一带流连了太久。他已经成亲，有了一个温柔美丽的妻子，也有了一个属于自己的温柔乡。

可是男儿志在四方，家尽管温馨，身为男子，温庭筠也无法容忍自己一生碌碌无为。他想去谋求一份前程，纵然他生性洒脱不羁，并未将光耀温家门楣当作毕生的使命，可是为了母亲，为了妻子，他需要独自撑起一片天空。

于是，温庭筠开始计划着一场远行。他要从最富庶的江南去往长安，那里是繁华京城，从古到今，多少文人志士聚于天子脚下，渴望一朝得到赏识，从此飞黄腾达。

唐朝的才子，在成名之前，大多经过“拜谒”这一关，就是拿着自己的诗词和文章，主动登门拜访京城中的官员或名士，渴望通过他们的引荐，让自己的名声更加响亮，在科举时能获得考官的青睐，即便不能金榜题名，至少也能走一条为官从仕的捷径。

不知从何时开始，容貌成为了博得他人好感的重要因素，试想一下，一位玉树临风、相貌堂堂的才子捧着自己的文章前来拜谒，即便只是一个无名小辈，那些官员名士也要凭着他的容貌对他多看上几眼。

而温庭筠却天生没有容貌上的优势，他虽有风流倜傥的风度与文采，却偏偏生得大耳、肉鼻、阔嘴，仿佛画像上捉鬼的钟馗，“温钟馗”也成为了世人赠予他的“雅号”。

温庭筠有着过人的才华，擅长鼓琴吹笛，天生向往自在，却也性格散漫，不修边幅，更致命的是，他不懂得如何去敬畏上司，对于不学无术却身居高位之人，甚至还有一丝轻蔑。

温庭筠在长安拜谒的经历注定是失败的，眼看仕途无望，他决定再次远走，去往苦寒的边塞，越是艰苦的地方，越是能够找到谋求事业的机会。

从长安去往边塞，一路向西，看着沿途映入眼帘的景象，回首多日以来的经历，温庭筠留下一首小诗：

西游书怀

渭川通野戍，有路上桑干。独鸟青天暮，惊麏赤烧残。

高秋辞故国，昨日梦长安。客意自如此，非关行路难。

一路沿着渭河行走，朝着桑干河的方向走去。正值初秋，盛夏的火热已经消逝，却依然有一些残余的温度在正午时分肆虐。

不过，大多数时间还是秋高气爽的，温庭筠走在路上，抬头看着头顶的青天，似乎比夏日显得更高了一些，几朵白云飘在天际，太阳正在陪着自己缓缓西行，已经到了日暮时分，一轮残阳如血，映照得整个天际都如同被火烧着了一般，一只鸟儿穿过如火的天际，独自飞向远处。

温庭筠觉得这只孤独的鸟儿像极了自己，不仅旅途中无人陪伴，就连心意都无人知晓。昨天夜里，他梦见了在长安的生活。如果可以在那里谋求一席之地，该是多么美好的事情。可是此刻他正行走在去往边塞的路上，他的本意并非如此，可惜被现实逼迫到了此番境地。

去往边塞的路并不好走，温庭筠忽然想到了李白的那首《行路难》，此刻自己脚下的路也同样艰难，可却没有后退的理由，只能勇往直前地走下去。

再长的路也禁不起脚步的丈量，不知不觉间，边塞近在眼前。

江南与边塞，各有千秋，本就是迥异不同的景色，一样米养百样人，更何况一方水土滋润一方人，同样的人杰地灵，但是又有不同的英雄辈出。

“大漠孤烟直，长河落日圆。”这种背景所衬托的人物，是肝胆相照的兄弟，忠贞不渝的肱股之臣，是宁死不屈的志士，是骑行马背的将军，是心怀天下、豪情泼墨的文人。

离开如烟如梦的故乡，温庭筠这次下定了决心，走过少年，步入青年的他，肩膀上多了一份责任。

是的，那种使命感和责任感，不断在心底躁动，温庭筠想到了让他引以为豪的先祖温彦博，又想到了晚唐这幢摇摇欲坠的高楼大厦，是时候做些什么了。温庭筠对祖国的热爱与担忧，通过这一次远行得到了印证。他将自己内心的浓浓的深情投射到纸张上。

温庭筠是天生细腻的，但是他身为一个顶天立地的男子汉，又是深情厚重的，骨子里透着一种倔强和对万物的悲悯。这两种看似截然不同的特质在温庭筠身上发生了激烈的碰撞，产生一簇簇火花，温庭筠将这种种感情注入进了自己的文字中。

在长安的遭遇刺激到了温庭筠敏感的心灵，以至于他毫不犹豫，孤身一人就走了出来。远离故乡，远离妻儿，甚至远离唐朝繁华的长安城。

或许此时，那些繁华喧嚣对于他来说，都是触目的悲哀，热闹背后隐藏的没落，更叫人心神不宁，黯然神伤。所以，温庭筠毅然决然地走了出来。

在江南，那个白衣飘飘，饮酒赋诗，才情满腹，胸怀天下的少年，不急不慢地成长，看尽了身边的繁华，也初次尝到了人间的冷暖，这一次，他在自己的人生诗篇上翻开了新的章节。

作为一个边塞游客，温庭筠心中充满了愁思和情怀。这一次，温庭筠笔下的主人公从才子佳人，转换成了戍守边疆的战士。而笔下的儿女情长也被替代成了对广阔的男人胸怀的咏叹：

回中作

苍莽寒空远色愁，呜呜戍角上高楼。
吴姬怨思吹双管，燕客悲歌别五侯。
千里关山边草暮，一星烽火朔云秋。
夜来霜重西风起，陇水无声冻不流。

回中，即回中道，汉武帝巡幸郡国，为行路方便，辟回中道，为丝绸之路中的一段。南起千河河谷（今陕西陇县北），北出萧关（今宁夏固原东南）。秦始皇曾在谷内修造回中宫作为其行宫。

离开长安，温庭筠前往塞外，追随丝绸之路。在古代，丝绸之路有着举足轻重的地位，第一站，温庭筠就选择了这里。

戍守边疆注定是艰苦的生活。在苦寒孤寂的塞外，所见之景完全不同于江南。苍茫的大漠，一望无际，没有欣欣向荣的花木，也没有热闹喧嚣的人群。三个字：寒，空，远，将整个画面渲染得空旷与肃穆。一眼望去，这苍茫的大地没有尽头，远处的景色和近处的景色重叠在一切，并没有不同。

温庭筠站在广阔的天地间，体会着塞外阵阵寒风，看着没有尽头的景色，耳边传来低沉的号角声音。戍角是戍守边疆的战士经常使用的一种乐器。在日落时分，夕阳散发着最后的余晖，无限接近地平线，天边被一片片火烧云覆盖，由远及近，慢慢移动，橘色和红色渐渐分不清界限，天色越来越暗，苍穹由橘色向深蓝色过渡。

此时，角楼上响起了低沉的号角声。号角声在塞外有着非同一般的意义。在空旷的大漠上，戍守边疆的战士也是孤寂和思乡的，但是他们身上肩负着保家卫国的责任，这一声声的号角，像是他们的心情，低沉肃穆，但是又是对祖国庄严的捍卫。

温庭筠想起了从前的生活，江南的歌伎身处烟花之地，每日映入眼帘的是夸张的艳丽繁华，却掩不住眼底的哀思没落。为了排遣心中的哀怨，歌伎吹起了双管。荆轲大声地唱歌，为了辞别燕太子丹。

戍守的战士抒发着戍守边疆之苦，歌伎抒发着哀怨的愁思，荆轲唱出了心中的悲壮与不舍。在这一刻，荒漠，夕阳，烽火，种种情景交织在一起，将温庭筠心中苦闷的情绪点燃至极点！

夜，终于还是悄然而至，夜里霜重，西风凛冽，陇水无声，却一路翻涌而去。西北的夜晚是如此难熬，寒冷，孤寂袭上心头，然而这一切并不能被改变，世事如此，就如这无声东流的河水一样。

温庭筠此刻内心有着深深的无力感。在这之前，他本应该在家乡考取功名，但是出于种种原因，他并没有参加科举考试，因此也就没有机会报效祖国。他的内心也如这西北的寒夜一样，挂满了冰霜，在这苦寒之地，怀有深深的悲愤。

正因为有着怀才不遇，心中苦闷无法发泄的感情，温庭筠才决定用脚步丈量祖国，他决心游历大江南北，去看一个不一样的唐朝，从南到北，从郁郁葱葱的江南，到孤烟落日的大漠。

塞寒·年年锦字伤离别

人生有太多的路要走，曾经走过的路，最终变成回忆的阶梯，曾经写下的诗篇，也终究成为往日时光中的流沙。

一番边塞之行，温庭筠用脚步丈量丝绸之路，领略了边塞孤寂又苍茫的美景，体会了戍守边疆战士的苦寒。他出发的时候，正是秋高气爽的季节。自古就有悲秋伤怀之说。温庭筠的代表诗作中，人们津津乐道的是他在江南的春风里留下的诗句和在塞北的秋风中留下的佳篇。

那一日经过西堡塞，看到曾经宽阔的河水已经全部干涸，河中长了一层浅浅的野草，曾经的城池已经在战争中被彻底损毁，如今已成一座废城，遍地长满了荆棘。温庭筠不禁悲从中来，写下一首《过西堡塞北》：

浅草干河阔，丛棘废城高。白马犀匕首，黑裘金佩刀。
霜清彻兔目，风急吹雕毛。一经何用厄，日暮涕沾袍。

独自在异乡漂泊久了，难免会想家。尤其是身处塞北这样的苦寒之地，温庭筠对故乡江南的思念就更加绵长。他想起了在家乡时遇到的一个女子，她的心上人就在塞北征战，每天清晨梳洗完毕，她都会独自一人登上望江楼，倚靠在望江楼坚实的楼柱上，望着滔滔江水发呆。直到眼前千帆过尽，朝阳变成了夕阳，女子才恋恋不舍地离开。

她人虽离开了望江楼，千丝万缕的思念却留在了那里。如今，温庭筠身在塞北，虽不知究竟哪一位将士才是那名女子的心上人，却终于能够理解思念远方的人，究竟是怎样一种心酸的情感。于是，他写下一词，既送给那个日日站在望江楼上思念离人的女子，也送给远离家乡的自己：

梦江南·梳洗罢

梳洗罢，独倚望江楼。过尽千帆皆不是，斜晖脉脉水悠悠。肠断白蘋洲。

女子思念远去的离人，温庭筠则是在思念远方的家乡。他不是一个愿意为了功名利禄苦苦经营的人，宁愿洒脱不羁一生，也不愿被金钱与名利束缚。

思而不得见，是人生中最大的痛苦之一，荒凉的塞北与风景如画的江南，仿佛是两个截然不同的世界。生于江南长于江南的温庭筠，一直称自己是“江南客”，除了江南，哪里都不是家。如今远离家乡的他，就像一朵从枝头飘落的梅花，随风飞舞到陌生的地方，无论漂泊到哪里，都找不到那种熟悉的归宿感。

塞北苦寒，不似江南永远温润，即便是冬季，也没有刺骨的寒意。塞北则截然不同，似乎这里的冬季比任何地方都来得更早。每到冬季，军中的营帐之外便大雪纷纷，冻得人一直冷到心里。

生长于南方的孩子很少见到雪，温庭筠还记得自己第一次见到雪时的兴奋和激动。可是雪景虽美，看多了却也觉得荒凉，尤其是在满目疮痍的塞北地区，一场大雪下来，茫茫四野，丝毫见不到生命的痕迹，让人感到绝望。

温庭筠所在的地方叫敕勒川，那里是古时敕勒人居住的大草原，也就是如今的内蒙古。那里有一座横亘整个内蒙古境内的巨大山脉，从河套地区一直连接到大兴安岭，这座山名叫阴山。

这里几乎终年见不到草木繁盛的景象，更无处可见江南的繁花簇簇。自从秋日从京城长安出发，如今已是梅花凋谢的初春，温庭筠想家，却不能回家，因为他还有些迷茫，还没有找到自己的容身之地。

一天夜晚，身在营帐中的温庭筠忽然听到一阵好听的笛声。那笛声不似汉人乐曲的悠扬婉转，却有一种不驯服的桀骜与淡淡的哀愁，这似乎是羌人独有的乐器，温庭筠隐约记得，这种乐器好像叫作玉管。他循着乐声走出帐外，但见帐外悠悠地飘着轻柔的雪花，在月光的照耀下，似乎平添了一些妩媚。

如今已经是初春，不知道这是不是塞北的最后一场春雪，李白曾在《静夜思》中写下："床前明月光，疑是地上霜，举头望明月，低头思故乡。"月亮总是让人格外思念故乡，看着头顶的一轮明月，温庭筠忧伤地开口吟诵：

敕勒歌塞北

敕勒金帐帻壁，阴山无岁华。帐外风飘雪，营前月照沙。

羌儿吹玉管，胡姬踏锦花。却笑江南客，梅落不归家。

温庭筠觉得自己有些可笑，千里迢迢来到塞北苦寒之地，为的竟然只是博取功名。人生不应该如此为难自己，为什么要浪费大好的时光，不去尽情地享受人生？

虽然这样想着，温庭筠却并没有马上掉头还乡，他又想到了背在肩上的责任，家中还有母亲和妻儿，自己有义务给他们提供更好的生活。

就在这样纠结而又矛盾的心态里，温庭筠在塞北又多逗留了一段时日。

初春时节的塞北，冰雪还没有开始消融，但阳光已经开始有了一丝丝暖意。春是温暖，幸福，充满希望的。江南的春天尤为妩媚动人。像是刚出阁的姑娘，娇羞遮面，欲拒还迎，既没有夏天的直接和火辣，也没有冬天的潮湿和阴冷。一切都是新生的，懵懂的，呼之欲出的，时机刚刚好。而在温庭筠笔下的江南春天里，有波光粼粼的水面，有幻化的光影，有凭栏眺望、描眉涂唇的娇媚女子。所以，这一切人和景物，在诗中融合得自然而然，毫不突兀，仿佛江南的春天里本就该有这些，而这一切的美好本就为了江南的春天而生。这些事物的存在，就是为了点缀烟雨朦胧的江南仲春。

所以，塞外的秋天也就格外壮阔。一望无际，关山千里，时间和空间在这里都被无限放大，天地万物间的事情都被缩小。斜阳，孤烟，红柳林，烽火，盔甲，如烟月。秋风四起，缺少了春风拂面的温柔，却多了几分倔强和勇敢。秋风是无畏的，横扫千里，从山间，从水上吹过，一路上卷着沧桑，夹携恢弘，迎面呼啸袭来，为本就肃穆的大漠平添了庄严。

温庭筠并非不爱塞北的壮阔，有时策马草原，他也能感受到扑面而来的飒爽与酣畅。于是，他特意为冬日在塞北的所见所闻写下一首诗：

塞寒行

燕弓弦劲霜封瓦，朴簌寒雕睇平野。
一点黄尘起雁喧，白龙堆下千蹄马。
河源怒浊风如刀，剪断朔云天更高。
晚出榆关逐征北，惊沙飞迸冲貂袍。
心许凌烟名不灭，年年锦字伤离别。
彩毫一画竟何荣，空使青楼泪成血。

这些都是出现在温庭筠眼中的情景，强劲的燕弓在塞北的严寒中也布满了严霜，天地万物都在塞北的严寒中瑟缩着身躯，只有寒雕不怕严寒，依然在青天上伸展着宽大的翅膀，仿佛此刻它才是这个世界的主人，正飞在高处巡视属于它的这一片领地。

与寒雕比起来，大雁就显得柔弱了许多，一点点飞起的烟尘都会吓得它们惊声尖叫，可是苍茫的塞北又怎么可能不见烟尘？即便没有战争，将士们也要日常驰骋训练，每当马儿撒开四蹄狂奔，身后就扬起一阵烟尘。

塞北的天空显得格外高，气温却格外低，唯有厚实的貂裘才能抵御这刺骨的严寒，当将士们穿着貂裘出征，飞沙击打在貂裘之上，显得格外英武。他们都和温庭筠一样，出征在外，只为博取一份功名。他们和温庭筠一样想家，却无法回家，只能用书信来寄托自己的思念。

铁汉也有柔情，每当想到家中因为思念自己而滴泪成血的妻子，那些在敌人面前一脸杀气的汉子也会流露出哀戚的神色，甚至也有人偷偷掩面而泣。这让温庭筠越发想家，越发想念家中的妻儿。

这首《塞寒行》是一首新乐府诗歌，温庭筠此次塞外之行，留下了大量的乐府诗歌。纵观全诗，可以从字里行间看出这首诗与温庭筠在江南写的那些花间派诗歌极不同。遣词造句多了几许苍劲，多了豪情，多了悲悯。大漠的狂风飞雪，战场上的万马奔腾，取代了江南水乡一众莺莺燕燕“剪不断理还乱”的离愁之情。

侠客·白马啸三更雪

行走在天地间，总有一个朦胧的梦在思绪中挥之不去，时而模糊，时而清晰。当看尽人世间的美好与荒凉，这个梦便越发难以压抑。

每个男子都有一个侠客梦，尤其是行走在苍茫塞北的温庭筠。人们说他是一个落拓不羁的花花公子，但是在塞北的那一段时间，日日与铮铮铁骨的戍边将士们生活在一起，看着他们为了守卫边疆而操练，为了守卫祖国的疆土而浴血奋战，温庭筠隐藏在骨子里的那一抹侠客情怀被激活了，也就是在那一段时间，他留下了许多带有侠客情怀的边塞诗篇。

其实，也许连温庭筠自己也说不清为什么要来到塞北，但是在侠客情怀被激发的一刹那，他并不后悔自己前往塞北的决定。

于是，他也在诗篇中写下了自己的心境：

侠客行

欲出鸿都门，阴云蔽城阙。
宝剑黯如水，微红湿余血。
白马夜频惊，三更霸陵雪。

“鸿都”就是如今的河南洛阳。温庭筠站在城墙外边用于瞭望的高台上，看着昏暗的天色，不知道令天色昏暗的，到底是凝重的乌云，还是行军卷起的尘土。如果是黑压压的阴云密布，则宣告着大雨将至；如果是行军卷起的尘土，则是暗示敌人的箭雨将至。

这样的景象让人紧张和动魄。乌云翻滚，遮蔽了天空，恐惧笼罩在城池之上，预示着形势的危急和前途的未知。越是在这种恐怖、危急、千钧一发的场面和气氛之下，侠客们勇敢的精神和视死如归的魄力便越是被衬托出来。

剑不仅是剑客手臂的延伸，也是剑客理想的寄托，剑之于剑客犹如笔墨之于才子，胭脂之于佳人。在古代，武将能够佩剑上殿是天子给予的最大殊荣和奖赏，可见剑有着特殊的意义。

水的特点，莫非清、冷二字，清澈的水形容宝剑的无瑕，冰凉的水像宝剑的寒光，写出了宝剑的锋利，将侠客们的宝剑比作水，写出了战场上刀剑无情的残酷。

宝剑上有鲜血，无论是侠客的鲜血还是敌人的鲜血，都描绘出了冷兵器时代战争中士兵肉搏厮杀的场面，表现出了战士们同仇敌忾、英勇杀敌的大无畏精神。

温庭筠对剑并没有感情，令他动情的，是日日朝夕相处的人。刀剑的锋利冷峻，衬托了侠客驰骋疆场的飒爽英姿，刻画了保家卫国的英雄形象。

在漆黑的夜里，白马奔腾，如同在黑暗的夜空中划出一道道闪电，让夜有了色彩和动感；静谧的夜里，马啸和铁蹄踏破了夜的宁静，让夜有了音响声乐。侠客背负刀剑，驾着战马，宝剑的寒光，战马的嘶鸣，为黑暗寂静的夜带来了活力。

奋勇厮杀的将士让温庭筠想到了自己，他是才子，是书生，不像李白那样能文能武，没有手持宝剑跨上战马为国杀敌的能力。那么，属于他的那一方天地，到底在哪里?

文人最渴望遇到一位明君，温庭筠想到了西汉汉文帝刘恒，他是汉高祖刘邦第四子，励精图治，一代明君，开辟了“文景之治”，为西汉的政治稳定和武帝的开疆扩土打下了经济基础。温庭筠怀才不遇，不被重用，有着坎坷磨难的窘迫遭遇。他从凄凉的边塞场景，策马咆哮的侠客身影，想到了自己渴望建功立业、报效国家的愿望。可是，他却对当今朝廷不满，渴望得到一位像汉文帝一样的旷世明君。

可惜温庭筠生不逢时，偏偏生在晚唐，唐朝已经日见颓势，渐渐走向没落，他的报国梦，终究难以实现。

既然无法像侠士一般驰骋疆场，至少可以如同侠士一般活得洒脱。温庭筠的不羁与盛唐时的“诗仙”李白有相似之处，同样怀才不遇，也同样不愿为五斗米折腰。

荒凉的边塞生出一颗荒凉的心，也催生出了一首荒凉的《边笳曲》：

朔管迎秋动，雕阴雁来早。
上郡隐黄云，天山吹白草。
嘶马悲寒碛，朝阳照霜堡。
江南戍客心，门外芙蓉老。

不知不觉，温庭筠在边塞已经停留了整整一年的时间。从初秋出发，转眼又是一个初秋，耳畔又传来了边笳悲鸣的声音，这让他这个“江南客”怎能不想家？家中的妻子一定日日盼他归来。想想离家时，妻子有着芙蓉花一般娇嫩的容貌，一年的苦苦等待，无望的期盼消磨掉了妻子最美好的年华，想必此刻妻子的容颜也有些憔悴枯萎了吧？

塞外的荒凉让人心也跟着凄凉，就连战马似乎也能感受到温庭筠此刻的思乡之情。也许马儿也是想家的吧，否则它怎么会发出阵阵悲嘶？

温庭筠不知自己何时才能回家。此刻，他已经萌生了去意，就算此刻踏上归途，到家的日子依然遥遥无期。回想新婚燕尔之时，他和妻子一同憧憬着未来美满的生活，却不想此刻天壤相隔。在漫漫的征途中，温庭筠第一次产生了悲观的情绪，他甚至不知道自己能不能活着回到家里，更不知道与妻子的这一次分别，会不会变成永别。

可见，侠客也有柔肠，当初为风尘女子倾诉哀怨情丝的心境又再次回归，温庭筠也破天荒地把边塞的景象与闺中思妇的心绪结合在了一起：

遐水谣

天兵九月渡遐水，马踏沙鸣惊雁起。
杀气空高万里情，塞寒如箭伤眸子。
狼烟堡上霜漫漫，枯叶号风天地干。
虏尘如雾昏亭障，陇首年年汉飞将。
麟阁无名期未归，楼中思妇徒相望。

边塞之苦，引来心头所思，思念的地方，自然是故乡。温庭筠望着头顶比别处显得更高的天空，那样空旷，也引得他的内心越发空虚。

将士们正在不远处的地方练兵，如同真的上阵打仗一般，可是在此刻的温庭筠看来，这样的操练不过是白白浪费感情而已。戍边将士的待遇并不高，生活条件也极其不舒适。将官们穿着鼠皮裘袍，腰中系着犀牛皮的腰带，依然感觉不到一丝暖意，而将士们身上只有冰冷的铠甲，凉风袭来，更加冰冷。

其实，此刻的边防，已经不是为了击退敌人，只不过是上级为了贪图功劳而穷兵黩武而已。可怜的将士们撇家舍业，弃家中的妻儿于不顾，在这里却只成为了别人手中的棋子。

那是初秋时节的九月，皇上派来的军队长途跋涉，渡过远方的水，前往更加遥远的沙漠。一路上人疲马乏，丝毫不见军队中往日的威武。将士们个个都拖着沉重的步伐，原本应高举起来象征着君威的旗帜，也颓然地耷拉在一旁。

不过，千军万马出征，终归还是气势磅礴的，就连人和马踏起的烟尘，都能将一支军队淹没。

温庭筠远远就能听到人马的脚步声，想来是胆小的大雁也听到了，带着惊叫早早地飞上了高空。

温庭筠最不赞成这种穷兵黩武的举动。如果真是的为了击退敌军，哪怕他这个文弱书生，也一定会义不容辞地拿起武器上阵杀敌，可是现实并不是这样。这次出兵，不仅不是为了守国，似乎还是为了侵略，这让温庭筠不齿。

干燥的大地上遍地狼烟，遮蔽得日光都有些惨淡。将官们穿着极尽奢华温暖的裘袍，围着篝火饮酒作乐，士兵们只能穿着冰冷的铠甲，顶着寒风，站在一旁戍守，还要时刻做着战斗的准备。温庭筠替士兵们感到气愤，却也为他们的精神而感动。

那些官员只贪图自己的名利，却不顾士兵们的死活，用士兵们浴血奋战得来的成果，供自己在后方尽情享乐。温庭筠知道，士兵们的服役是有期限的，可是许多士兵的服役期限早已经过了，军队却迟迟不放他们还乡。

那些昏庸的官员是想用士兵们的生命为自己谋得爵位，这样的军队根本就算不得正义之师。官员们的身边从来都不缺美女环绕，他们怎么能理解这些士兵的妻子独自在家中期盼丈夫回来时的哀戚心情？

想到此刻，温庭筠已经萌生去意。想到远方正在苦苦期盼自己回家的妻儿，他恨不得马上就踏上回家的旅程。虽然回家路远，只要起程，总有到达的一天。

茫茫边塞，依然没有他的容身之地，不如归去吧，即便是庸庸碌碌一生，也不能踩在别人的鲜血和肉身上向上攀爬。他虽没有治国之才，至少还有起码的人性。

离别·人海相逢把酒酣

一曲离别，浸泡在时光的意境里。率真的人，愿意为相逢而欢笑，也愿意为离别而哭泣。人生有相聚，就注定有离别，离愁的气息让人心痛，可却只有在离别之后，才会把在人海中相逢的那个场景永远地刻在心里。

温庭筠已经打定了主意要离开边塞，即将踏上行程的那一刻，他忽然又感到了一些不舍。并非舍不得边塞的风沙和落雪，而是舍不得在这里结交的一位朋友。

率性的温庭筠，交到真正的朋友并不容易。许多人觉得他浪荡不羁，不愿与之为伍，而真正意气相投的人，却能与温庭筠一见如故。

在边塞结识的这位朋友，算是温庭筠的一个忘年交。温庭筠马上就要到而立之年了，而这位朋友还是一名翩翩少年。

年龄不会成为友情的阻碍，少年虽年轻，心智却十分成熟。他虽不像温庭筠那样经历过拜谒的挫折，却也早已看出朝廷的昏庸和没落。温庭筠恨自己怀才不遇，少年恨自己生不逢时，两名“恨客”从相逢的最初便觉相见恨晚。在边塞的这段时日里，多亏有了少年的陪伴，才稍稍缓解了温庭筠的孤独和寂寞。

如今，离别在即，温庭筠最舍不得的就是少年。临行之前，少年特意前来相送，送了一程又一程，温庭筠就是无法开口说再见。

十里长亭相送，也总有分别的那一刻，少年还有自己的牵挂，不能陪着温庭筠继续闯荡天涯。温庭筠只好狠一狠心，让少年掉头回去。临走之前，他将一个卷轴交到少年手中，那是他送给少年的一首离别诗。出门在外许久，温庭筠的身上并没有什么值钱的物品可以送给少年作为纪念，这一首情真意切的诗篇，却比任何金银财宝都更加珍贵。

温庭筠走后，少年展开卷轴，看到卷轴上的诗句，他的眼角有些微微的湿润：

赠少年

江海相逢客恨多，秋风叶下洞庭波。

酒酣夜别淮阴市，月照高楼一曲歌。

是啊，就在离别的前一晚，少年要用一席酒宴给温庭筠践行。其实，对于边塞来说，温庭筠和少年都是过客，匆匆相逢，又要匆匆别离。能够在如此荒凉的地方遇到一个投缘的人，本就是人生中一大幸事。

秋天，又是秋天，萧瑟的秋风为本就伤感的离别增添了更多的悲凉。就在分别的前一晚，两人默默地对坐饮酒，仿佛有许多的话想说，又仿佛什么话也说不出来。一切情意都在酒中，温庭筠为少年斟满一杯酒，两个酒杯轻轻一碰，一切话语便都了然于心。

喝下一杯酒，少年突然提议要一同高歌一曲，温庭筠欣然应允。两人就在明亮的月光下高歌，唱出心中的苦闷，让一切的不快都被酒浇熄，在月光下蒸发。

如果此次要告别的是一个普通的朋友，温庭筠也许只会觉得不舍，而不会感到“离恨”。正因为彼此心意相通，英雄相惜，这分别才来得如此之痛。少年虽还年轻，却也是一个男人，他也有渴望一展抱负的男子情怀，可只要一想到报国无门，失意之情便满满地盈上心头。

他们是最理解彼此的人，温庭筠甚至有些感谢上天，让自己在这个名叫淮阴的地方遇到了这名少年。

想到淮阴，温庭筠不禁又有些踌躇满志，这里是韩信受辱的地方，却也是韩信封侯的地方。少年时的韩信因为家中穷困，在乞讨时遭受胯下之辱，后来因为骁勇异常，在沙场上立下赫赫战功，终于成为西汉百万大军的统帅，在这个曾经让自己受辱的地方一雪前耻。

温庭筠用韩信自比，也是在鼓励少年，无论如今的境遇如何落魄，未来依然有很多的希望等着他们去迎接。

可见温庭筠个性中的乐观再次占了上风，他不仅不为自己的遭遇感到悲观，甚至到后来还充满了豪情壮志，人生中难免见到令人失望的现实，然而对于前途，对于未来，温庭筠依然充满信心。

温庭筠要前往的下一个目标是蜀中，李白说："蜀道难，难于上青天"，可温庭筠也听说，那里山清水秀，民风淳朴，有最动人的美景。

一路朝着蜀中的方向前进，进入蜀中必须乘船，温庭筠已经在船上行进了三天，每一天都有潺潺的溪水为伴，这样的旅途让他并不觉得寂寞。

面前已经出现了一道分水岭，这里是汉江与嘉陵江的交界，过了分水岭，也就正式进入了蜀中。想到这里，温庭筠甚至有些小小的激动，他站立在船头，朝着分水岭的方向大声吟诵出一首诗，仿佛是在向蜀中宣告自己的到来：

过分水岭

溪水无情似有情，入山三日得同行。

岭头便是分头处，惜别潺湲一夜声。

温庭筠的心情的确大好，就连船下无情的溪水都变成了有情之物。蜀道的确难行，光是在深山中行船，就足足走了三日。蜿蜒曲折的溪水一直在船下与温庭筠作伴，船儿划过溪水，发出潺潺的水声，在温庭筠听来，这声音就如同乐声一般悠扬悦耳。

深山中没有人居住，一路行来，全靠这潺潺的水声为温庭筠缓解旅途的寂寞。都说“日久生情”，原来不止对人，就连对没有生命的溪水也是如此。

过了分水岭，温庭筠就不再需要走水路，而是要登岸。想到即将要与溪水分别，他甚至还有一些不舍。在登岸的一刹那，温庭筠看到溪水朝着与他相反的方向潺潺流去，没有说再见，是那样的洒脱。

虽然溪水远去，但是水声依旧。登岸的第一夜，温庭筠在岭头投宿，山中的夜晚是那样寂静，除了偶尔传来几声夜鸟的晚啼，只有潺湲的水声彻夜与他为伴。温庭筠的身边没有亲人，没有朋友，他只能幻想着自己在与溪水对话，明日一早，他又要继续上路，到时候，就真的要与溪水彻底作别了。

直到这一刻，温庭筠才隐约觉得潺潺的水声似乎有一些呜咽之感，原来溪水也并非他想象得那样洒脱，知道离别在即，也如同多情的少女一般依依不舍。温庭筠甚至想走出门去，走到溪水旁边对它柔声安慰，因为正是溪水的细腻情感让他从塞北的悲凉之情中走了出来，也直到这一刻，他才真正地感觉到轻松和快乐。

美妙的旅程需要用心去感受，温庭筠有一种隐隐的预感，蜀中之行必定是一趟美妙的旅程。他并未忘记对国家现状的忧愁，然而他却不是一个多愁善感之人，淡淡的忧愁很快便被旅途中的美好代替，因为心存美好，走到哪里都是繁花盛开。

翌日清晨，温庭筠早早起身上路，过了分水岭，就进入了利州地界。利州的南面就是嘉陵江，走到这里，温庭筠即将开始另一段水路行程。

站在嘉陵江畔，开阔澄澈的江面映入眼帘，从清晨走到傍晚，夕阳依然和煦而温暖，照在身上有一种融融的暖意，照在江面上便是一片波光粼粼。夕阳的余晖斜斜地投射在江面，闪烁不定，岸上青翠的山峦也被夕阳笼罩上了一抹温柔的色彩，苍茫中带有一些温馨。

马上就要乘船渡江，温庭筠忽然诗兴大发，即兴作诗一首：

利州南渡

澹然空水对斜晖，曲岛苍茫接翠微。
波上马嘶看棹去，柳边人歇待船归。
数丛沙草群鸥散，万顷江田一鹭飞。
谁解乘舟寻范蠡，五湖烟水独忘机。

一诗吟罢，船公已经开始催促温庭筠赶快登船。他匆忙迈开脚步朝渡船的方向奔跑，可惜刚刚跑到岸边，船公便已经迫不及待地开桨前行。

这是一艘很大的渡船，不仅渡人，也渡马。马儿都是行人的脚力，渡船行驶到江心，船上的马儿忽然扬起头发出一声长长的嘶鸣，仿佛是在与船儿划起的波浪声相互唱和。

错过了这一班渡船的温庭筠和其他同样错过渡船的行人一起在岸边的柳荫下乘凉，等着渡船从对岸返回，继续将他们送到对岸。

温庭筠的视线并没有离开渡船，目送着它在江面上离自己越来越远。过了江心，渡船经过一片沙滩，也许是马儿的嘶鸣声惊动了沙滩草丛中成群的鸥鸟，它们纷纷扑扇着翅膀飞离这里，过了一会儿发现似乎并没有异常，又陆陆续续返回草丛。

与鸥鸟的惊慌相比，旁边一直悠悠飞翔的白鹭似乎从容得多。天色渐晚，鸟儿归巢，江边也越发空旷和寂静。

即便是心情再好，旅途也终究是让人疲乏的，回忆起自己多日来的奔走无果，温庭筠又想到了敢于急流勇退的越国名相范蠡。他辅佐越王勾践打败吴国，又舍弃了功名利禄放浪于江湖。

其实温庭筠对功名利禄并不十分渴望，他觉得自己也如同范蠡一样淡泊名利，可惜他的心境却无人可以理解。

一程山，一程水，一抹欢愉，一抹愁绪，前路尚远，不能停歇，即便不在人生的旅途中追名逐利，也要走得远一些，看看沿途中那些优美的风景。

入蜀·锦城晴雪

有一种深情叫山水之情，这是世间一种不可被辜负的深情，萦绕在心头，丝丝缕缕，缠缠绵绵。

蜀地的山水自有一种别样的情愫，过了利州，温庭筠一路向西南前行，来到了巴蜀之地最美丽富庶的成都府。成都府就是如今的成都，因为那里出产光华灿烂的蜀锦，因此才得了“锦城”的美名。

然而，来到成都的温庭筠，虽然见识到了蜀锦的华彩，却也意外得知，在这光华灿烂的蜀锦背后，却凝聚着织锦女工如同杜鹃啼血一般的悲惨遭遇，为了这一匹匹价值连城的蜀锦，她们被困在这里，甚至失去了生命。

于是，为了让世人知道织锦女工的遭遇，温庭筠也专门写下了这样一首诗篇：

锦城曲

蜀山攒黛留晴雪，簝笋蕨芽萦九折。
江风吹巧剪霞绡，花上千枝杜鹃血。
杜鹃飞入岩下丛，夜叫思归山月中。
巴水漾情情不尽，文君织得春机红。
怨魂未归芳草死，江头学种相思子。
树成寄与望乡人，白帝荒城五千里。

这再也不是对巴山蜀水的咏叹，而是对织锦女工遭遇的同情与愤慨。蜀地多山，奇绝秀美，可正因为山路难行，也让这里成为了天然的囚牢。

呈现在温庭筠眼前的山，如同春雨之后生发的竹笋一般密密地攒聚在一起。这些山是那样高，高得有些恐怖，青黑色的高山矗立在面前，只让人觉得阴森发冷。

如果不知道织锦女工的故事，世人都会觉得这山是如此壮丽，可温庭筠此刻再也不觉得这天然的囚牢有任何美妙之处，只觉得令人憎恨。

他曾尝试站在山巅向远处瞭望，只能看见山外还是山，九曲萦回，缭绕在云端，却也让人绝望。

这里的织锦女工大多远离家乡。女子是柔弱的，凭借着她们双足的力量，也许此生都无法翻越这重重深山，而那些无良的商人正是看出了这一点，才利用深山的天然屏障将她们的身心禁锢。

织锦，成为了这些女子余生再也摆脱不掉的宿命，这样的女工，几乎与奴隶没有任何分别。温庭筠眼中的大山，就是被囚禁在这里的织锦女工眼中看到的景象，没有俊秀，没有美好，只有满满的悲哀与绝望。

之前还对江水有着满满情感的温庭筠，无意中看到正在锦江边上濯洗锦缎的女工，一下子对锦江有了憎恶之情。

女工手中正在濯洗的蜀锦是那样巧夺天工，无论色泽还是花纹，都称得上绝美，这美丽的花纹都出自织锦女工灵巧的双手。当江风吹来，精美的蜀锦迎风飘扬，美丽的华彩让它如同刚刚从天边裁剪下来的一块彩霞。

温庭筠离女工们的距离并不十分近，蜀锦上的花纹看得也并不十分清楚，他依稀觉得那上面绣的是杜鹃花的图样，蜀锦在风中扬起，仿佛漫山遍野都盛开着绚烂的杜鹃花。

温庭筠感叹，能绣出如此栩栩如生的图样的，该是怎样一双双巧手。然而当他顺着蜀锦的方向仔细看去，织锦女工那一双双浸泡在江水中洗濯蜀锦的手，却伤痕累累，遍布伤疤与老茧。

温庭筠虽身为男子，却对女子最为怜惜，看到女工们手上的伤痕，他忍不住湿了眼眶。女工们的遭遇怎能让他不同情？她们有着最高超的绣技，却也有着最悲惨的命运，蜀锦上那一朵朵鲜红的杜鹃花，又怎知不是被女工们手上的鲜血染成的？

难怪织锦女工对杜鹃花情有独钟，传说中杜鹃是一种怨鸟，它的啼叫类似悲鸣，眼中的泪流尽了，便开始泣血，杜鹃眼中的鲜血染红了花朵，此花从此就得名“杜鹃”。这像极了织锦女工悲惨的命运，她们的眼泪早已流干，在漆黑的深夜里只能无声地啜泣，眼中流出的早已不是泪，而是鲜红的血。

在京城时，温庭筠时常看到皇室与富户身着如彩霞般绚烂的蜀锦，却从未有人想过，如此奢华的锦缎，是女工们用年轻的生命与血泪织就的。当时的温庭筠也从未想过蜀锦背后的悲惨故事，如今亲眼所见，才知原来生活在人间底层的百姓并不算最苦，在他们的下面，还有生活在“地狱”中的织锦女工。

趁着看管的工头不注意，温庭筠悄悄上前与织锦女工搭话。听完织锦女工对自己日常生活的描述，温庭筠早已不知不觉地攥紧了拳头。

女工们说，她们中间有许多姐妹，到死也不能再回家乡，为了赶工，她们常常彻夜不眠不休，熬坏了眼睛，熬坏了身体，到了白天依然不能休息，还要像平时一样照常劳动。

女工们的眼神已经如同一潭死水，早已没有波澜，没有对美好生活的憧憬，甚至已经忘记了去哭泣，去反抗。只有在梦中，才能再见爹娘的身影，可惜那身影虽亲切，却没有温度，如同镜花水月，伸手轻轻触碰，便已经支离破碎。

一台织锦的机器，就是织锦女工的全部青春，甚至生命。她们在用心血换来富贵人家身上的一点灿烂华彩，直到最后一丝精力熬尽，便一头栽倒在织锦机器旁边，再也不会醒来。

死去的织锦女工，化作了一缕缕怨魂，她们生时无法逃离苦海，死后的魂魄依然不得安宁。她们的魂魄幻化成了怨鸟杜鹃，声声泣血，染红了青草，青草承载不住杜鹃的哀伤，也都早早死去。

可惜泣血也是徒劳，织锦女工们悲惨的命运依然无法改变，温庭筠心心念念的巴山蜀水竟然成了织锦女工们的葬身之地，这怎能让他觉得蜀地的风景奇绝秀丽？

织锦女工的遭遇代表着百姓的疾苦，可就在此时，温庭筠又听说有功的将士在昏庸的朝廷里也不能得到重用。

他听说，大唐名将温德彝出兵征战蛮戎，大获全胜，返程途中又平息了兴元军叛乱，然而事情到这里就已经完结，朝廷对有功之臣没有封赏，如此赏罚不分，就连温庭筠这个与朝廷没有半点关系的人都愤愤不平，那些用生命在战场上厮杀的将士怎能不心寒？

于是，温庭筠用一首诗，表达了对朝廷的愤怒，也表达了对自己怀才不遇的愤懑：

伤温德彝

昔年戎虏犯榆关，一败龙城匹马还。
侯印不闻封李广，他人丘垄似天山。

想当年，外族侵犯西汉，一直攻打到榆关边塞，是龙城飞将军李广率领人马将侵略者尽数斩落马下，只剩下几个人、几匹马有幸逃回了塞外。可惜，就算凭借如此大的战功，李广也没有被加官进爵，可同样是带兵打仗的功臣，十八岁就带兵无数次击败匈奴的霍去病，一生却封赏无数，死后汉武帝还为他建造起了如同天山一般高大的坟墓。

朝廷如此不公，怎能让有功的将士感到公平？温庭筠是在借李广的故事讽刺当今朝廷的昏庸，他没有能力为温德彝争取到任何封赏，只能用气势磅礴的笔触出一出心中的恶气。

将士因为壮志难酬而“伤”，温庭筠因为怀才不遇而“伤”，由人推己，从温德彝的身上，温庭筠仿佛也看到了自己的影子，残酷的现实让眼前的山水变得不再美妙，他开始深深地思考起自己的未来，为让自己不至于遭受到不公正的待遇，他必须从现在开始就为自己的未来打算。

他人的遭遇，都是对自己未来的折射。温庭筠原本以为来到蜀地，只要纵情欣赏山水，继续做一个“花间诗人”就好，可是他看到、听到了太多从未想到过的残酷现实，甚至比他亲眼见到的现实更加令人不齿，虽然洒脱，虽然不羁，如今的温庭筠却不能容忍自己再浪荡下去了。

第二章

仕途风云，终成帐客

衷情·锦荐金炉夜梦长

总有一些念想，让人情有独钟，这种念想在心底最深处轻轻摇曳，就像命运伸出的一根手指，轻轻一勾，便勾走了心魂。

此时的温庭筠是个矛盾的个体，他既渴望无拘无束地在花间游曳，又憧憬能在仕途中谋求一席之地，为家人的生活换来安稳，为家族的荣耀增添一抹光辉。

命运对温庭筠偶尔也会厚待一次，正在他迷茫与彷徨的时候，便从天而降了一位贵人。

这位贵人就是李德裕，他的身上有无数象征着权力与身份的头衔：剑南西川节度副大使、知节度事、银青光禄大夫、检校兵部尚书兼成都尹、御史大夫……

唐大和四年十一月（公元830年），李德裕带着这一连串的头衔来到了成都，温庭筠听说过李德裕的为人，也听说过他的种种壮举。

李德裕自幼便是一个胸怀大志的人，却不愿参加科举，凭借门荫走入仕途。唐穆宗还是太子时，就对李德裕十分器重，唐穆宗即位之后，马上召李德裕入翰林院，常常让他起草朝廷的诏制典册。

李德裕十分反对外戚干政，尚书建议驸马不得与朝廷要员往来，获得了唐穆宗的赞同，李德裕也因此再度升官。

李德裕的父亲李吉甫曾官至宰相，却因和李逢吉结怨，致使李德裕遭到了连累，被免去了翰林学士之职。不久之后，李逢吉成为宰相，原本李德裕是最有机会成为宰相的人，却因为受到打压，眼睁睁地看着牛僧孺在李逢吉的引荐下成为了宰相。

李德裕只好到浙西任职，在那里整饬法纪，革除陋习，用儒家思想教化当地百姓，功绩颇多，却依然在李逢吉的打压下不得回朝。

直到唐文宗即位，李德裕才被加封为礼部尚书，又被拜为兵部侍郎，终于又有了成为宰相的希望。然而吏部侍郎李宗闵却抢先一步成为宰相，之后便将李德裕当成了自己的最大威胁，想方设法将他排挤出朝廷。

这一次来到成都，李德裕已经记不清自己是第几次被排挤出长安，这一次，与他亲近的官员都被排挤出朝廷，虽然温庭筠将李德裕当成了自己最大的贵人，可是李德裕对于温庭筠的未来却没有把握。

温庭筠郑重地拜谒了李德裕，李德裕对他十分友善，又设宴款待，可惜李德裕无法承诺温庭筠的未来，温庭筠只好失望而归。

如此一来，温庭筠便没有了继续留在成都的理由，他也不知道自己该去往哪里，索性走一步算一步。

不过，在结识李德裕的同时，温庭筠也结识了一些新的朋友，郑徵君便是其中一个。古代称受朝廷征召而未赴的士人为徵君，那一日，温庭筠和李德裕一起去郑徵君家中做客，听说他接受了朝廷的宣召，温庭筠有些愕然。因为郑徵君原本是一名隐士，只愿纵情山水间，不愿在朝廷中追名逐利。

此番接受朝廷的宣召，想必是郑徵君厌倦了漂泊清苦的隐居生活。温庭筠不好多说什么，只好写下一首诗，隐晦地劝郑徵君要三思而后行：

赠郑徵君家匡山首春与丞相赞皇公游止

一抛兰棹逐燕鸿，曾向江湖识谢公。

每到朱门还怅望，故山多在画屏中。

当初郑徽君曾说，他最欣赏的就是谢绝仕途、寄情山水，最终皈依佛门的谢灵运，也曾将谢灵运的人生轨迹当作自己毕生的追求。温庭筠对那时的郑徽君无比欣赏，却没想到，这样的话刚刚说出不久，他自己就背叛了这番话，一接到朝廷的宣召，马上就被名利羁绊住了脚步，心也变得浮躁了起来。

温庭筠虽然从未踏足过官场，可是从李德裕的经历和遭遇，便已知官场是个勾心斗角、尔虞我诈的地方。一旦踏足，便从此身不由己，每天都要小心翼翼地苦苦经营，战战兢兢地活着，与当初纵情山水的目标，实在相差甚远。

温庭筠甚至已经预感到郑徽君进入官场之后的生活，他一定是每天倚着朱门惆怅地望着画屏中的“故山”，只有那里才有他的隐居生活，他一定会后悔此刻的决定。

可是，郑徽君已经明确表明自己厌倦了山林中生活的寂寞清冷，他渴望繁华，渴望名利，如果不给他一次尝试的机会，他怎能轻易死心？

对于郑徽君的念头，温庭筠甚至还心生一丝讽刺之意，原来他并不是一个甘守寂寞之人，曾经说过的话，不过是对于自己没能走入仕途的一种托词。

可是温庭筠自己呢，他不是也希望通过李德裕的引荐进入官场，因此，他也是在讽刺自己，做人竟然如此矛盾，看来有时候，说人也是在说自己。

不过，能够接到朝廷的宣召，也许郑徽君是幸运的，而求仕无门的温庭筠却只能失望地离开成都，一路坐船朝西南方向行驶，顺着岷江来到了新津。

当小船在新津靠岸，温庭筠在岸边的村庄中投宿。一路上忙着赶路，没有心思考虑太多事情，而一旦停下来休息，种种思绪就重新灌入了脑海。

临行之前，在李德裕那里结识到的一些朋友设宴为温庭筠践行，如今刚好赶上雨过天晴，离愁别绪一下子涌上心头，温庭筠感觉心中烦躁不已，仿佛是一个渴望安静的人偏偏听到了无比喧闹的歌声一般。

看着天色渐晚，月亮缓缓爬上枝头，远处的水面漫起一片水雾，温庭筠的心头浮上一种前所未有的思念。这种思念是对友情的思念，他觉得胸口似乎被什么东西牢牢堵住，唯有用诗句才能舒缓这种憋闷的不快：

旅泊新津却寄一二知己

维舟息行役，霁景近江村。
并起别离恨，似闻歌吹喧。
高林月初上，远水雾犹昏。
王粲平生感，登临几断魂。

回想在成都逗留的那段时日，温庭筠似乎一无所获。既没有享受到游山玩水的快感，又没能在李德裕幕下成为一名幕僚。当时西川幕中能人许多，光是温庭筠知道的，就有段全维、刘三复、韦徇、张周封、李蟾、孙景商等人，可惜温庭筠终究没能成为他们其中的一员，虽然失望，其实也并非全无收获，至少他和李德裕成为了朋友，两人十分投机，可以聊国家，聊政治，见解也出奇地一致。

可不知为什么，李德裕没有留下温庭筠。也许是他看出了温庭筠不羁的本性，也许他觉得自己本就是个被排挤出朝廷的人，对于温庭筠的未来，他实在无能为力。

无论如何，温庭筠的一条求仕之路被堵死了，幸运的是，他还收获了几名至交好友。不过，温庭筠依然是失望的，经由自己拜谒不成的经历，他想到了三国时期的王粲，王粲出身名门，是天下奇才，就连当时才学闻名天下的蔡邕也对他刮目相看。

可惜即便是像王粲这样的奇才，也有怀才不遇的时候。自古以来，人们就喜欢以貌取人，王粲虽然学富五车，可上天却并没有给他一副堂堂的相貌。就像温庭筠一样，王粲也是个其貌不扬的人，更糟糕的是他的身体也不强健，总是病弱的样子，因此，当他到荆州去投靠自己的同乡，荆州牧刘表时，并未被刘表重用。

王粲在荆州客居十年，一直没有引起刘表的重视，他的心情是郁闷的。而此时的温庭筠，心情与王粲异曲同工，一样的愁眉不展，一样的失落。

新津只不过是温庭筠的一座驿站，并不是久留之地，他也曾想过经由成都沿着来路北归，可是左思右想，北方依然没有自己的出路。不如一路南下，随遇而安。

离开新津，温庭筠依然乘舟沿着岷江南下，来到了戎州地界。这里是岷江与长江的交汇之地，无论朝哪个方向走，都会到达一个全新的地方。

可是面前可以选择的路多了，温庭筠反而犯了难，他本打算渡过泸水一路向南，却也只是想了想，并未能成行。

温庭筠没有选择向南，而是选择了从戎州沿着长江一路向东，漫漫人生路，走到哪里都是一种缘分，因为那个未知的地方名叫远方，所以有着一种朦胧的美好。就如同一个挥洒不去的梦，离得远时，以为可以紧紧相拥，但真正想要伸手触碰时，却又那样遥不可及。

无奈·芙蓉力弱

甘于平淡，又何尝不是一种无奈？时间能带走青涩，带来成熟，却不能换来让梦实现的可能。然而，即便是在人生之旅上彷徨过、跌倒过，也是时间的一种馈赠。

温庭筠离开蜀地时，已经是唐大和五年（公元831年），途经巫山，温庭筠特意停船靠岸，到山中的巫山神女庙游览了一番。

巫山神女是神话中的人物，温庭筠早就听说过与她有关的传说，这次刚好路过，便特意来瞻仰一下。巫山神女庙的大门并没有完全敞开，而是虚掩着殿门。来这里参拜的游客不多，幽静中却别有一番韵味。

薜荔与藤萝攀爬在殿门上方，遮蔽出了一抹阴凉，正逢春季，庙前的古树正在尽情地吐露新芽，一江春水在巫山神女庙的前方，只要从山峰向下俯视，就能欣赏到水波荡漾。

一首《巫山神女庙》，就这样有感而发：

黯黯闭宫殿，霏霏荫薜萝。晓峰眉上色，春水脸前波。
古树芳菲尽，扁舟离恨多。一丛斑竹夜，环佩响如何。

长安，是温庭筠的一个伤心地，可是兜兜转转一圈之后，除了这里，他不知该去哪里寻找自己的未来。于是，在离开长安将近两年之后，温庭筠再一次故地重游，他的个性并没有丝毫变化，依然是那个不畏权贵的“温飞卿”。虽然如此个性无法改变他最终的结局，却也让他结交了更多可结交的人。

唐大和六年（公元832年），渤海国的国王大彝震派王子大明俊来长安朝贡，渤海国是一个受大唐皇帝册封的国度，今在吉林省敦化东南，当年的国都叫作敖东城。渤海国从建筑到制度都模仿唐朝而建，与唐朝的关系也十分密切，因此那里在古时也被称为“海东盛国”。

这并不是渤海国第一次派使臣来长安，他们曾多次派文人来长安抄回《汉书》《三国志》《晋书》《十六国春秋》《唐礼》等文献著作，渤海国的许多王子和贵族子弟也都纷纷来中原学习，甚至在长安参加科举考试，留下来为官。

这一次王子大明俊来到长安，既是为了朝贡，也是为了学习中原文化。机缘巧合之间，温庭筠与大明俊相识了，并且一见如故。大明俊并没有王子的架子，他的身上有渤海国人特有的豪爽，因此也欣赏温庭筠个性中的浪荡与不羁。

大明俊在长安逗留了近一年的时间，与温庭筠之间的友情也在不断加深。可是天下无不散之筵席，大明俊学成以后终要回国，温庭筠纵有万般不舍，也只能带着依依惜别之情前来相送。一首饱含离别之情的诗篇，自然也就成为了最好的离别赠礼：

送渤海王子归本国

疆理虽重海，车书本一家。盛勋归旧国，佳句在中华。

定界分秋涨，开帆到曙霞。九门风月好，回首是天涯。

虽然所处疆土不同，温庭筠和大明俊却从未将彼此看作外族人。唐朝皇帝一直对外宣称大唐与渤海国是一家人，温庭筠也的确觉得渤海国的人与大唐的人除了服饰上略有不同之外，并没有什么不同。

因为渤海国的人，尤其是王室贵族，已经深受大唐文化影响，如今大明俊学成归国，也算是盛勋归来。温庭筠一直送了很远，一直送到不能再送。虽然他们都将彼此当作家人，然而渤海国与中原的气候却截然不同。

在温庭筠的心目中，大明俊是个极有素养的王子，既勤奋好学，又博学多才，虽然他对大明俊有深深的不舍之情，却也为他学成归国感到高兴。

过了界碑，大明俊就离开了大唐的国土，他顺着江水一路向东扬帆前进，迎着朝霞踏上了归国的行程。大明俊临行前再三对温庭筠说，他无论如何也不会忘记在长安这段生活的美好，更不会忘记在中原的沃土上，还有温庭筠这样一个好朋友。想到即将天各一方，温庭筠只好强行挤出一丝笑容，朝着船儿渐渐远去的方向，与大明俊挥手作别。

时光荏苒，转眼三年已逝，温庭筠在长安依然没有找到任何出路，在朝中任礼部员外郎的姚勖对温庭筠的生活多有资助，既然在长安没有作为，温庭筠打算继续到外面走走，也许在别的地方会与幸运之神相遇。

于是，带着姚勖资助的一笔银两，温庭筠来到了淮南。来到一方土地，自然要先拜谒那里的官员，当时任淮南节度使的正是牛僧孺，也就是李德裕的死对头。牛僧孺听说过温庭筠，更听说他与李德裕交好，甚至还对李德裕遭到排挤的事情感到愤愤不平。

死对头的好友，牛僧孺怎么可能重用？他不仅自己厌烦温庭筠，更与当朝宰相李宗闵通气，无论如何要把温庭筠打压下去。即便如此，温庭筠也从未对牛僧孺和李宗闵一党说过半句赞颂之词，虽然前途重要，可守住自己的政治倾向，在温庭筠看来更加重要。

这注定是一次失败的远游，而这一次远游淮南，几乎影响了温庭筠的大半生。因为遭遇牛僧孺一党的打压，才导致他在未来的十几年中屡试不第，人生能有几个十年？温庭筠的大半生，都毁在了与他无关的政治斗争当中。

上天为温庭筠关上了一扇门，又为他打开了一扇窗。拜谒牛僧孺失败之后，温庭筠收到了襄阳尚书李翱的书信，信中说，他已经推荐温庭筠担任太子李永的宾客，并且太子已经应允。

似乎只有像李翱这般性格耿直的官员，才懂得欣赏温庭筠那种不阿谀、不谄媚的品格。接到李翱的书信，温庭筠不禁大喜过望，赶快赶回长安，投入太子李永门下。

从太子游，对于温庭筠来说，简直是莫大的荣耀。当今的太子李永，是唐文宗的幼子，却不是唐文宗立为太子的第一人选。

这与唐文宗的即位经历有关。唐文宗在成为皇帝之前并不是太子，继承皇位的是他的哥哥唐敬宗李湛。唐敬宗即位后荒淫无度，沉迷于击鞠，还喜欢半夜在宫中捉狐狸，不理朝政，大臣想要见他一面都十分困难。导致宦官渐渐掌握朝政，终于将唐敬宗杀害。

唐敬宗被杀之后，唐文宗李昂才成为了皇帝，他亲眼见证了哥哥在位期间的荒淫无度、荒废朝政，因此立志重现大唐盛世。在立储之事上，他并不看好自己的两个儿子，反而觉得侄子李普与自己理念相同，想将他立为太子。

可惜李普还没来得及成为太子，便早早病逝。无奈的唐文宗只好立自己年幼的儿子李永为太子，认为正因他年幼，才可以从小开始培养。从此，为了培养李永，唐文宗可谓煞费苦心，将李永的老师和身边的人都换成了贤能之人，可惜却也因为唐文宗的重视，让李永成为了政治斗争的牺牲品。

虽然李永早逝，但是在他生前还是十分看重温庭筠的，出游时也喜欢将他带在身边，因此，在李永死后，温庭筠还专门写下了许多纪念太子李永的诗篇，《舞衣曲》便是其中一首：

藕肠纤缕抽轻春，烟机漠漠娇娥颦。
金梭淅沥透空薄，剪落交刀吹断云。
张家公子夜闻雨，夜向兰堂思楚舞。
蝉衫麟带压愁香，偷得莺簧锁金缕。

管含兰气娇语悲，胡槽雪腕鸳鸯丝。
芙蓉力弱应难定，杨柳风多不自持。
回颦笑语西窗客，星斗寥寥波脉脉。
不逐秦王卷象床，满楼明月梨花白。

其实，温庭筠陪伴在太子身边的时间并不长，加起来也不过一年多的时间，太子就突然离世。时间虽短，感情却深。温庭筠虽然落拓不羁，却是一个极度重情重义之人，只要别人真诚待他，他便报以真诚。

自从太子死后，任何点滴都能让温庭筠回忆起与太子的过往。那一日，天空中下着淅淅沥沥的小雨，阴郁的天气又勾起了温庭筠对太子的怀念，听着淅沥的雨声，仿佛像是制衣坊的工匠在抽丝的声音，温庭筠的眼前出现了抽丝的画面，又似乎看到工匠将抽出的丝放到织锦的机器上，有人将缕缕丝线织成成匹的锦缎，旁边还有专门的工匠将锦缎裁剪成衣。

这不过是日常中再平常不过的举动，却因为出现在温庭筠的幻想中而增添了些许诗意。他觉得那裁制好的衣服应该是用来做舞衣，而想到舞衣，就想到了兰堂的楚舞，也就回想起与太子出游的那段欢快时光。

因为心中有无限愁思，那抽丝的声音听来就蕴含了无限幽怨，仿佛这丝是从愁肠中抽出。回想从前，温庭筠时常与太子一边欣赏歌舞，一边开怀畅谈，那也许是温庭筠最无忧无虑的一段生活，不仅衣食无忧，还有太子的诸多馈赠，那时的温庭筠，也能穿上富贵人才有的名贵衣裳。此刻他低头看自己的装束，依然还是太子赏赐的服饰，甚至他的衣带上，还残留着太子东宫中的御炉里散发出的香气，聚在一起欢歌笑语仿佛就是昨天的事情，可转眼之间，他与太子就已经天人两隔。

当时与太子一同欣赏歌舞时，舞女的身姿与容貌是那样美，就连身旁奏乐的女子容貌都异于常人。他们闻着女子呵气如兰的气息，一同品评那乐声和舞姿，如今再次回想起那些舞蹈的动作，却仿佛每一个姿势都蕴含着无限的酸楚。

有许多个夜晚，温庭筠都在对太子的思念中度过。每到这时，他便全无睡意，直到星星都合上了眼睛，进入了梦乡，自己才无奈地睡去。在梦中，太子又像从前那样深情地笑着与温庭筠说话，他的音容笑貌是那样真实，仿佛活生生地就在眼前。

每当温庭筠从睡梦中惊醒，眼前却只有空荡荡的房间。他愤怒于上天的作弄，气愤地推开窗子，雨不知何时已经停了，天却依然没有亮，月光如水，照得梨花如雪，仿佛天地间的一切都是洁白的，好像都在为太子的死去而服丧。

上天的确又作弄了温庭筠一次，这一次他以为自己离成功那样近，却终究如同海市蜃楼，轻轻一碰，便灰飞烟灭。

知遇·遇伯乐，梦东宫

千里马常有，而伯乐不常有，人生最难得的就是知遇，遇到一个懂得欣赏自己的人，是上天的一次馈赠。

如果说遇到太子李永，是上天对温庭筠的一次馈赠，那么让太子英年早逝，就是上天对温庭筠的一次捉弄。

李永是在大和六年被立为太子，温庭筠成为太子宾客时，李永已经在太子的位子上坐了近四年的时间。李永的生母是王德妃，她曾经是唐文宗的宠妃，可是女人的容颜终究会随着时间老去，再加上并不懂得如何争宠、固宠，王德妃在唐文宗心目中的地位已经大不如前。

大和九年，朝中爆发了著名的“甘露之变”，唐文宗本打算彻底铲除宦官集团，没想到竟然失败，这也让唐文宗成为了宦官的傀儡，看似依然有着皇帝的身份和地位，可朝中大事已经变成宦官说了算。

身为太子的李永，个性单纯，并不懂得政治斗争的阴暗。他天生喜欢玩乐，尤其喜欢办宴会，温庭筠在太子身边时，就参与了无数次宴会，太子的老师劝谏太子要收敛，可太子偏偏不听，这一举动也让当时正得宠于唐文宗的杨贤妃抓到了把柄。

杨贤妃无数次在唐文宗面前诋毁太子，人证物证齐全，迫使唐文宗不得不信，终于招致了唐文宗对太子的不满。他打算将太子废黜，好在群臣认为太子年轻，知错能改就来得及，纷纷上疏劝唐文宗宽恕太子，唐文宗这才没有下诏，只是将太子身边的一些人杀掉。

这件事温庭筠也卷入其中，他遭到了对太子不满的人的逼问，甚至还逼迫他以太子宾客的身份检举太子，温庭筠不肯违背良心，只用一首诗做了回答：

常林欢歌

宜城酒熟花覆桥，沙晴绿鸭鸣咬咬。
秾桑绕舍麦如尾，幽轧鸣机双燕巢。
马声特特荆门道，蛮水扬光色如草。
锦荐金炉梦正长，东家咿喔鸡鸣早。

温庭筠知道太子的一切罪状都是冤枉的，没有人敢为太子说一句好话，只有温庭筠用心良苦地用一首诗来表达自己对太子的仰慕。

宜城是太子的封地，那是一个富庶的地方，粮食年年丰收，多余的粮食便可以用来酿酒，因此宜城也是一个盛产好酒的地方。那里不仅百姓富庶，而且风景优美，处处繁花盛开，如同天然的花圃一般。

温庭筠喜欢在宜城行走，走在这里，就仿佛行走在花丛中。不仅宜城的百姓日日活在欢乐之中，就连那里的绿头鸭也比别处的鸭子更加欢乐，整日在沙滩、碧水间嬉戏，在风雨飘摇的晚唐，宜城可谓是一处怡然自得的所在。

温庭筠最喜欢的就是宜城的天气，年年风调雨顺，到了桑叶茂盛的时节，处处都是一片生机。到了秋季，沉甸甸的麦穗粗壮得如同狗尾巴一般，农夫在田间耕作，就仿佛在用双手打造出一件艺术品。农夫的脸上都挂着丰收的喜悦，不得不说这其中也有太子治理有方的功劳。

男人在外面耕作，女人就在家里纺织，这是真正的男耕女织，一片现世安好，纺车在纺线时发出嗡嗡的声音，伴随着织机的咔嗒声，仿佛是一首天然的民间交响乐。

如果岁月能永远这样静好下去，谁还愿意苦心钻入仕途苦苦经营？因为这里已经许久没有发生过战争，一切都是欣欣向荣的景象，燕子在百姓家的屋檐下筑巢，出双入对，如同人间的夫妻一般恩爱缠绵。

自古以来，每一个繁华的都市，都必然有四通八达的交通，宜城就是这样一个地方。每当温庭筠站在荆门大道上，就能听到不绝于耳的马蹄声，贩夫走卒推着车、牵着马，纷纷从大道上频繁地走过，他们带来外地的商品，带走这里的特产，宜城的经济就在这样的一来一往中繁盛了起来。

这里的百姓大多有着富裕的生活，因为没有自然灾害，没有连年的战火，他们温饱不愁，也注重教育，每一个人都举止优雅，谈吐文明，堪称晚唐时期的一片净土。

宜城不仅陆路便利，水路更是畅通无阻。也许这里的水也知道自己的重要，永远都骄傲地泛着粼粼波光。温庭筠最爱宜城的水，因为这里的水有一种生命的色彩，尤其是当阳光照耀在水面上，舟楫樯橹划破水面，点点白帆成为水上最圣洁的点缀，无须过多言语去夸赞，也能让人感受到这里仿佛一处人间天堂。

温庭筠在宜城并没有固定的住所，每次来这里，都是住在旅店里。温庭筠曾经住过许多旅店客栈，却没有一处像宜城的旅店一般有着锦布做的卧具，房中金属制成的香炉里燃着袅袅熏香，可见宜城不仅有着繁华的经济，更有着稳定的生活。

住在这样的旅店里，温庭筠自然彻夜安眠，每一次都是在店主家的鸡叫时分才恋恋不舍地从好梦中醒来。

李永仅仅是一名太子，就能治理出如此安居乐业的景象，如果有朝一日他登基成为皇帝，也许整个大唐都有望重回繁盛。

可惜太子因为无法忍受唐文宗的误解，深受打击，又无处倾诉，最终抱病而亡。

不得不说温庭筠是勇敢的，在他人的逼迫之下还能写出这样一篇隐晦地赞颂太子功绩的诗篇，这也是对那些诽谤太子的人的质问。因为温庭筠的身上有凛然的正气，也有对太子的一腔真挚的友情，即便他知道，这首诗必定会得罪一些人，其中还不乏当朝的权贵，可是他宁肯终生无法得志，也要替太子说话。

不知唐文宗有没有看到温庭筠的这首《常林欢歌》，不过，自从太子死后，唐文宗也感到自己做得有些过分，毕竟太子是他的亲生骨肉，即便皇家自有皇家的骄傲，可是白发人送黑发人的伤感，还是让唐文宗感到无比悲伤。尤其是他意识到是自己冤枉死了儿子，更是追悔莫及，可惜已经无力回天，只能追谥李永为“庄恪太子”。

再华丽的谥号也换不回太子的生命，那些害死太子的人依然逍遥地活着，温庭筠实在看不过去，专门写下一首诗为太子鸣不平：

洞户二十二韵

洞户连珠网，方疏隐碧浔。烛盘烟坠烬，帘压月通阴。
粉白仙郎署，霜清玉女砧。醉乡高窈窈，棋阵静愔愔。
素手琉璃扇，玄髫玳瑁簪。昔邪看寄迹，栀子咏同心。
树列千秋胜，楼悬七夕针。旧词翻白纻，新赋换黄金。
唳鹤调蛮鼓，惊蝉应宝琴。舞疑繁易度，歌转断难寻。
露委花相妒，风欹柳不禁。桥弯双表迥，池涨一篙深。
清跸传恢囿，黄旗幸上林。神鹰参翰苑，天马破蹄涔。
武库方题品，文园有好音。朱茎殊菌蠢，丹桂欲萧森。
黼帐回瑶席，华灯对锦衾。画图惊走兽，书贴得来禽。
河曙秦楼映，山晴魏阙临。绿囊逢赵后，青锁见王沈。
任达嫌孤愤，疏慵倦九箴。若为南遁客，犹作卧龙吟。

一首诗句句不提太子李永蒙冤而死，却引用多个典故隐晦地替太子申冤。当年唐玄宗专宠杨贵妃，冷落梅妃，就如同当今的唐文宗宠爱杨贤妃，而冷落了太子的生母王德妃。晋代的宦官王沈是刘聪的中常侍，为人“奢侈贪残、势倾海内”，他联合宠妃害死了年幼的皇子，而如今的大唐，仿佛历史重现，依然是宦官当政，依然是皇子蒙冤被宠妃的谗言害死。

斯人已去，逝者已矣，诗词无法换回太子的生命，只能作为对亡者的祭奠。温庭筠将太子的好深深地埋藏进心里，再用余生的时间对太子进行怀念。

朱门·如履薄冰

通往仕途的路，步步都是艰难的。没有豪门荣耀，没有权贵赏识，不愿阿谀逢迎，温庭筠的仕途之路注定处处坎坷，不得不谨慎前行。

自从太子李永病逝，温庭筠久久无法走出这片阴影，没有了太子，也许他再难遇到如此赏识自己，又有能力提拔自己的人，抑郁而终的太子自然命苦，温庭筠又何尝不是？

每当怀念太子，温庭筠便会写下一首凭吊太子的诗篇，《生禖屏风歌》就是其中一首：

玉墀暗接昆仑井，井上无人金索冷。
画壁阴森九子堂，阶前细月铺花影。
绣屏银鸭香蓊濛，天上梦归花绕丛。
宜男漫作后庭草，不似樱桃千子红。

相传汉武帝二十九岁那年得一皇子，十分欢喜，为了感谢求子之神，命东方朔、枚皋作禖祝。

汉武帝对待一个普通的皇子，都比如今的唐文宗对待太子的分量要重，温庭筠分明是在为已逝的太子鸣不平。

其实，唐文宗已经认识到了自己的错误。在太子李永死去的第二年，唐文宗立自己的侄子李成美为太子。一日在宫廷宴会上，其中一个用来助兴的节目是一个年幼的小孩子表演爬杆子的杂技。

小小的孩童在杆子上爬上爬下，做着各种各样惊险的动作，唐文宗在连连惊叹之余，看到杆子下方有一个男子一直随着孩子的位置转来转去，做出保护孩子的姿势，生怕他掉下来。

唐文宗一问才知，杆子下方的男子正是幼童的父亲，父亲的护子之情一下子让唐文宗想起了死去的太子，他不禁老泪纵横，说道："我纵然拥有天下，却不能保全一个儿子。"于是马上将当初诋毁太子的人统统杀掉，算是告慰太子的在天之灵。

太子死后许久，温庭筠依然对太子的恩情念念不忘，他特意来到太子曾经居住的东宫徘徊，却早已物是人非。

东宫门前的台阶是白玉制成的，可惜自从太子死后，已经很久没有人从这里走过，这里也成为了一个被人遗忘的角落，没有人来打扫，曾经白净得一尘不染的台阶上落满了厚厚的灰尘，失去了往日的光洁和色泽，也显得整个东宫昏暗不堪。

走在东宫门前，温庭筠的心情就和这布满灰尘的台阶一样灰暗，他在缅怀自己与太子之间那段再也回不来的友情。清冷的东宫，抵不过温庭筠心中的寒意。

曾经热闹喧哗的东宫仿佛变成了一座"冷宫"，处处都是冰冷的气息。因为久无人住，东宫的水井也已经被闲置了许久，没有了人的温度，井上辘轳的铁索更加凉意袭人。

直到此刻，温庭筠依然没有从太子死去的悲痛中走出来，从白玉台阶走到水井边的一路上，到处长满了蓬蒿野草，因为没有人来修剪，茂盛的野草已经长到了路中央，将路牢牢地遮蔽了起来。

满目荒凉，无限心酸，然而如今衰败的又何止一座东宫？整个大唐都正走在衰败的路上，温庭筠担心如果一直让宦官当权下去，也许有一天，几百年基业的李唐王朝将不复存在。

不知不觉，温庭筠走到了九子堂内，这里供奉着"九子魔母"的壁画。

相传九子魔母曾经靠吞食童子为生，经佛祖点化之后，成为了保佑人们生子的女神。

太子在时，曾经有专人每日在壁画前燃起香烛供奉，如今太子已死，壁画前的香烛早已燃尽，整个房间阴森昏暗，帷幕不知何时已经掉落了下来，蜘蛛已经公然在室内结起了网，这里仿佛不是人间，而是阴森可怖的地狱。

都说为人母者心肠最善，可是九子魔母自己也有许多孩子，却还依然吞食别人家的孩子过活。害死太子的杨贤妃，仿佛就是九子魔母的化身。

带着对太子的缅怀之情，温庭筠已经忘记了时间。他归来时，早已是月上西墙时分。月亮在大地上洒下清冷的光辉，照耀得阶前的野花在地上投射出摇曳的花影。在悲伤的温庭筠眼中，这样的花影是破碎不堪的，因为他依然沉浸在九子魔母壁画的阴森气氛当中。

做百姓不易，原来做朱门中人也不易。古时王侯贵族的府邸都有着朱红色的大门，因此“朱门”也就成了王侯贵族的代称。

历朝历代，只要被立为太子，便成为了后宫中的众矢之的。每个为皇帝生下儿子的嫔妃，都希望自己的儿子将来能做皇帝，因此为了保全自己的儿子，便不惜将别人的儿子当作牺牲品。

就连汉代的高祖刘邦之子，也难逃被迫害的命运。当年刘邦的薄姬梦见一只苍龙匍匐在自己的胸口，醒来后发现自己有孕，生下一子，就是后来的汉文帝。这与太子李永的出生有些相似，在李永出生时，他的母亲王德妃也是受唐文宗万般宠爱的，可惜唐文宗竟然不懂得珍惜自己的儿子，原本子嗣就不多，还容忍杨贤妃将仅有的两个儿子中的一个害死。

这些都是唐文宗自作自受，无论他怎样后悔，也换不回太子的生命。

太子死后一年，唐文宗带着对儿子的万般愧疚，终于抑郁成疾，万般惆怅地病死于长安宫的太和殿。唐文宗死后，他的五弟唐武宗即位，温庭筠终于迎来了人生中短暂的春天。

唐武宗即位后，李德裕受到重用，并被封为丞相，封卫国公。如果不是唐文宗驾崩，杨贤妃一伙一定还在宫中作威作福，与太子交好的温庭筠不会轻易被放过。好在杨贤妃及时被处死，温庭筠也不用再被逼迫着说出一些陷害太子的话。

身在朱门，就连太子这样的地位都身不由己，那身在宫中的嫔妃，想来日子更加不好过。

李德裕被重新重用之后，温庭筠在宫中行走的机会也多了起来，偶尔也有机会遇到一些宫中的嫔妃。他从这些嫔妃的脸上读出了同样一种心情，那就是孤独和寂寞。于是，他用一首诗刻画了久困深宫中的嫔妃形象：

照影曲

景阳妆罢琼窗暖，欲照澄明香步懒。
桥上衣多抱彩云，金鳞不动春塘满。
黄印额山轻为尘，翠鳞红稚俱含颦。
桃花百媚如欲语，曾为无双今两身。

这是一位早起的妃子，当别的嫔妃还在梳洗打扮的时候，她已经梳洗完毕，懒懒地倚靠在窗边闲坐。坐了许久，太阳才终于高高地升到天际，照得人身上感到阵阵暖意。

这位妃子是美丽的，她一定也知道自己已经打扮得十分漂亮，便想去水塘边照一照自己的身姿。可是想了半天，依然懒得动弹，继续坐了许久，才缓缓地走到桥上，从水中的倒影看着自己如同天边彩霞一般美丽的衣服。

平静的池面仿佛一面天然的镜子，满得要从塘中溢出来，却不见其中有鱼儿在游动。这位妃子的容颜的确是千娇百媚的，就连在宫中像她这样一般美丽的女子都屈指可数。每一位红颜都希望自己的身旁有一个珍惜自己的人相伴，这位妃子也希望池中的倒影是成双成对的。

可惜，身为后宫中的嫔妃，孤独是永远的陪伴。这位妃子越想越心寒，照耀在身上的阳光也无法让她感受到丝毫暖意。哪怕长得再美，也只能和大多数嫔妃一样过着孤单寂寞的日子，一入宫门深似海，只要进宫，就再没有出宫之日。更可怜的是，也许大半生的时间都在孤独中度过，很可能一连几年都见不到皇帝的面。

纵有华丽的衣服首饰、奢侈的生活，又有何用？这些都无法填满内心的空虚。

情远·觱篥声声催断魂

生命永远在喜怒哀乐和悲欢离合间交替进行，未来永远无法预知，每个人都是红尘中的一个过客，有人轻轻走过不留下一丝痕迹，有人却在沿途泼墨下或浓或淡的风景。

自从唐武宗即位，李德裕再次得到重用，温庭筠的日子比从前好了许多。他终于可以在通透的人生中闲读着岁月，就连平日里时常能听到的乐声，也比从前曼妙了许多。

温庭筠本就是一个十分热衷于音律的人，他不仅能依照音律填词谱曲，本人也十分精于演奏之道。即便是粗制滥造的乐器，在他的手中也能呈现出曼妙的音律。因此，能得到温庭筠欣赏的乐者，必定是非同凡响的大家。

能让温庭筠为之倾倒的乐者寥寥无几，郭处士便是其中一个。郭处士的原名叫作郭道源，他擅长的并非丝竹管弦，而是击瓯。击瓯不过是民间的一种再普通不过的音乐，瓯甚至算不上真正的乐器。“碗深者为瓯”，可见，瓯不过就是深一些的大碗而已。在十二只大碗中添加高低不等的水，再用筷子敲击碗沿，就能发出悦耳的乐声。

如此粗陋的演奏方式，按常理应该难登大雅之堂，更难入像温庭筠这样善于演奏的乐者之耳，而郭处士却偏偏能将粗陋的乐器奏出人间少有的美妙旋律，温庭筠都忍不住要专门写诗称赞：

郭处士击瓯歌

佶栗金虬石潭古，勺陂潋滟幽修语。

湘君宝马上神云，碎佩丛铃满烟雨。

吾闻三十六宫花离离，软风吹春星斗稀。

玉晨冷磬破昏梦，天露未干香著衣。

兰钗委坠垂云发，小响丁当逐回雪。

晴碧烟滋重叠山，罗屏半掩桃花月。

太平天子驻云车，龙炉勃郁双蟠拏。

宫中近臣抱扇立，侍女低鬟落翠花。

乱珠触续正跳荡，倾头不觉金乌斜。

我亦为君长叹息，缄情远寄愁无色。

莫沾香梦绿杨丝，千里春风正无力。

此时的温庭筠早已过而立之年，对于一个男子来说，这正是为朝廷效力的大好年华。可惜，因为他的不羁，因为他的正直，生生地与李德裕一起被打压了许多年，郭道源也是与温庭筠有着同样遭遇的人物，如今日子终于呈现了一丝曙光，惺惺相惜的两个人也在日渐增多的相处中成为了知己。

那一日听到郭道源击瓯，因为彼此理解，温庭筠才能从乐声中听出真挚的情感。

郭道源的确善于击瓯，第一个音符刚刚响起，随之而来就出现了一系列激烈宏伟的乐声。击瓯需要有水，温庭筠在乐声中仿佛看到水中浮起一条虬龙，虬龙不能登上天庭，只能在深潭中翻腾怒吼，这乐声就像是虬龙翻搅出来的声音，同样长期郁郁不得志的两个人，更能体会虬龙心中的愤怒与苦楚。

忽然之间，激昂的旋律一下子由急转缓，由重变轻，仿佛微风拂过竹梢，又像是轻波潋滟的欢快之声。隐约之间，似乎能听到娇俏的女子正在竹叶间窃窃私语，让人听来感到分外亲切。

这宁静的乐声只维持了一会儿，马上又变得大气磅礴了起来，如同远古时期的神明湘君，骑着宝马从天外远远飞来，击瓯的声音，就像是湘君身上佩戴的宝玉发出的叮当之声，伴着马儿脖子上铃铛的声音，轻重缓急，恰到好处，异常和谐。

仔细听来，这乐声仿佛是从烟雨中发出，因为有了水的滋润，显得缠绵悦耳。

郭道源曾经在宫中担任太常寺调音律官，这也是得益于李德裕的提拔。物以类聚，人以群分，郭道源也是和李德裕、温庭筠一样的耿直之人，因为耿直的人当政，才在宫中有了一段辉煌的生活。

郭道源与道家也有着或多或少的渊源，因为崇尚道家的隐居生活，所以才得来"郭处士"的名号。无论哪个皇帝当政，宫中的景象都向来繁华，数不清的宫殿错落有致地隐藏在繁茂的树丛中，一派富丽堂皇的景象。

可是，郭道源的乐声中却有一种孤独清冷的意味，也许他和温庭筠一样为那些身居宫中却久不得见于皇帝的妃嫔感到悲哀，皇宫仿佛一座富丽堂皇的囚笼，囚禁了天下美女，因为女子太多，宫中也就处处缭绕着女子身上的脂粉香气，熏得花丛间都不再是鲜花的芬芳，而是脂粉的香味。

随着击瓯的曲速越来越快，温庭筠仿佛看到一名后宫中的女子伴随着乐声旋转起舞。曲速越快，她旋转得也就越快，直转得头上的钗环都掉了下来，如云的发髻已经松动，钗环坠地发出叮咚的声响，成为了击瓯乐声最美丽的和弦。

忽然间，乐声从急速转为悠扬，温庭筠仿佛听到了那名起舞的女子喘息的声音。因为刚刚旋转得太快，她大口地吸着气，脸色也因为刚才剧烈的动作而泛起了潮红。她的肤色本就白皙，如今白中透红，更显得她的双眉如晴日里含烟的一弯远山。

每个人都看呆了，既为女子曼妙的舞姿，也为她艳丽的容貌。

可惜，如此歌舞升平的景象终究不得长久，唐武宗在位只有短短的七年时间，因为他的英明，反而遭到了宦官的杀害，他们担心唐武宗死后再出一个英明的皇帝，于是从皇室中千挑万选了懦弱而又好色的李忱做皇帝，也就是唐宣宗。

唐宣宗本就对李德裕不待见，牛僧孺一党再一次得到了重用。唐武宗曾经立下的政治措施全部作废，李德裕被贬为潮州司马，在远离朝廷的地方郁郁而终。

这对郭道源和温庭筠来说是巨大的打击，刚刚看到一点希望的李唐王朝，就这样重新衰败了下去。

温庭筠还能清晰地回想起与李德裕在成都初见时的场景，他是那样刚正而又平和，没有一点为官的架子，时常邀请温庭筠来府中赴宴，有时酒至兴起，李德裕还会命府中的乐伎吹奏起觱篥助兴。

乐声依稀还在耳畔回荡，温庭筠写下一首《觱篥歌》，权当是对李德裕的凭吊：

蜡烟如纛新蟾满，门外平沙草芽短。
黑头丞相九天归，夜听飞琼吹朔管。
情远气调兰蕙熏，天香瑞彩含絪缊。
皓然纤指都揭血，日暖碧霄无片云。
含商咀徵双幽咽，软縠疏罗共萧屑。
不尽长圆叠翠愁，柳风吹破澄潭月。
鸣梭淅沥金丝蕊，恨语殷勤陇头水。
汉将营前万里沙，更深一一霜鸿起。
十二楼前花正繁，交枝簇蒂连壁门。
景阳宫女正愁绝，莫使此声催断魂。

当时与李德裕宴饮的场景依然历历在目，那是一个已近十五的月中之夜，新生的月亮虽然还未圆，也已经十分饱满。宴饮的中军大帐里燃着巨大的蜡烛，帐外幅员辽阔，望出去苍茫无限。

正是初春时分，小草刚刚冒出短短的嫩芽，那时的李德裕也正值壮年，头顶没有一丝白发。如果不是后来遭贬，李德裕一定可以活得更加长久，不至于在六十三岁时就郁郁而终。他是温庭筠最尊敬的人之一，温庭筠不愿意承认李德裕已死，更愿意相信他去往了天庭。

当时李德裕府中的乐伎能吹奏出情深幽怨的觱篥之声，如兰如蕙，一直陶醉到心里。相信远在九天之外的李德裕回想起来，也会为那悠远的乐声而动容。

温庭筠在当时听那觱篥之声，只觉得一种温馨的气氛缭绕在室内。乐伎演奏得那样投入，指尖在按下觱篥又抬起的瞬间，竟不知不觉带出了点点殷红的鲜血。

觱篥的声音其实并不欢快，听上去仿佛幽咽啜泣的声音，总是能唤起听者的伤心事。当时与李德裕一同倾听这如泣如诉的乐声的，既有和他一样的达官显贵，也有如同温庭筠这样的普通百姓，可见李德裕从来不是一个势利的人，他们一同感受着乐声中的悲凉，而如今想来，那悲凉更悲。

多年以后，温庭筠再一次听到了这如同幽咽般的觱篥乐声，这让他更加怀念李德裕，也让他更加为李德裕的遭遇愤愤不平。他抬头看向外面，柳条在春风中拂动，在一池春水上激起了阵阵涟漪，月亮在水中的倒影也被柳条划破，觱篥吹奏出的乐声淅淅沥沥地响着，如同织布的梭子发出的声音，这乐声织就的却不是布匹，而是连绵不绝的愁与恨。

宫中小人当道，就是容不下李德裕这样的耿直之人，大唐的表面繁华气数已尽，就连宫女都看出了这个朝代的末路，坐在宫中低头叹息。温庭筠在用一首《觱篥歌》寄托对李德裕的哀思，同时也对整个国家的未来有着深深的担忧。

第四章

东吴旧乡，磨砺新辞

哀叹·铜雀荒凉

如水的时光在不知不觉间徐徐流淌，光阴中偷偷埋藏了多少故事，随便翻出一段聆听，都能明媚一段春光。

温庭筠悠悠地在花间行走，早已过而立之年的他，又渐渐迎来了自己的不惑之年，却依然未在考场上有过任何建树，朝中更没有属于他的席位。

其实，温庭筠并非没有参加过科考，凭借他过人的才华，即便小试牛刀，也必能取得不俗的成绩。可是他却并非执意想要步入官场之人，无论是对耿直秉性的坚持，还是对自由自在的不羁生活的向往，都成为了他科举场上的绊脚石。

温庭筠不止一次参加科考，最后却总是因为各种各样的原因落第。于是，多年以来，温庭筠成为了一名自由浪客，这反而有利于他在生活中找到各种各样的素材，充实他本就才华横溢的诗篇。

不过，没有任何一个男子不渴望通过科举场建功立业，温庭筠原本以为同太子之间的关系会成为他通往仕途的捷径，却没想到因为与太子太过要好，反而成为了他前途上的负累。

又是一年科举落第，郁郁寡欢的温庭筠一连写下了两首诗来倾诉内心的苦闷：

长安春晚二首

其一

曲江春半日迟迟，正是王孙怅望时。

杏花落尽不归去，江上东风吹柳丝。

其二

四方无事太平年，万象鲜明禁火前。

九重细雨惹春色，轻染龙池杨柳烟。

凭借温庭筠的才华，通过科举走入仕途，谋得一官半职根本不是难事，可温庭筠的科考之路，却走得异常艰难。那一年，温庭筠参加京兆府考试名列第二的时候，已经年近四十岁，按照惯例，京兆府要举荐他参加第二年的礼部进士考试，这对于温庭筠来说是一次大好的机会，可惜他却错过了。

按照温庭筠对外的说法，是那一年他病了，并且病得很严重，一病就是两年，只能无奈“等第罢举”，可真正的原因只有温庭筠自己知道，是因为他遭到了小人的诬陷。此时的诬陷，已经再与寻花问柳无关，而是因为他与太子之间曾经亲密的关系。

唐文宗之所以对太子感到生气，就是因为他觉得是太子身边的那些人怂恿了太子“宴游败度”，而温庭筠便是那些“纵容教唆”太子的人中的一个，连皇上都不看好的人，别人还怎么敢重用？加上牛僧孺一党知道温庭筠与李德裕之间的关系，温庭筠的进士考试资格就这样自然而然地被取消了。

温庭筠不仅被取消了当年的考试资格，就连第二年的考试也不被准许参加，一番耽搁，已经到了会昌元年（公元841年），这对一个已经年近不惑的举子来说，实在是太过严重的打击。

于是，春日的长安城，在温庭筠眼中就变成了处处愁容的处所，温暖的阳光照耀着长安城，一派春日里万象更新的景象，可是长安城中的公子王孙们却个个展露着愁容，不知是不是因为杏花已落，再也看不到那些美丽的花瓣。温庭筠的心头也不禁浮现丝丝缕缕的愁绪，仿佛江边的柳丝，被春风一吹，更加活跃。

这原本是一个太平年，皇恩荫庇，全国各地都没有不好的事情发生。大地在春日的细雨中滋润着，龙池和杨柳笼罩着春雨弥漫起的轻薄烟雾。可是那一句“杏花落尽”，分明是在说自己科举落第，仕途无望，这浓烈的惆怅，又怎能是一片春景所能抚慰的？

温庭筠成为了一个被科举考场抛弃的人，如同被心爱的人抛弃的女子，这种悲伤，在《织锦词》中体现得淋漓尽致：

丁东细漏侵琼瑟，影转高梧月初出。
簇簌金梭万缕红，鸳鸯艳锦初成匹。
锦中百结皆同心，蕊乱云盘相间深。
此意欲传传不得，玫瑰作柱朱弦琴。
为君裁破合欢被，星斗迢迢共千里。
象尺熏炉未觉秋，碧池已有新莲子。

深夜总能勾起更多愁绪，静悄悄的四周，连更漏的声音都是那样清晰。原本微弱的声响，听上去如同击鼓一般喧闹，这“鼓声”并不让人亢奋，反而显得那样悲凉。织锦女就在这样的情景中劳作着，手中的动作一刻没有停歇，月亮从初上已经转到西斜，她依然没有停下来的意思。

织锦女已经忘记了疲累，因为她的心早已不在手中正在织的锦缎上，而是飞去了心上人的身旁。从她的神色中，温庭筠看不到沉浸在爱情中的人应有的甜蜜神情，而是十分悲凉，看来那位心上人已经很久没有出现了，织锦女的手上拿着一条颜色鲜艳的鸳鸯锦，爱不释手地抚摸着。

这样一条鸳鸯锦，要花费无数个日夜才能完成，那锦织得那样精致，数不清的花纹仿佛一个个同心结，一对鸳鸯刚好在同心结正中间。这对鸳鸯就是织锦女和她的心上人，她要把这匹鸳鸯锦缝成合欢被，再一分为二，一人一半，盖着被子，就仿佛朝夕相守。

可惜，那个让她日夜牵挂的心上人，早已有了新欢，这是一个令人绝望的消息，温庭筠对织锦女有说不清的同情。因为期待太多，所以失望更盛。温庭筠一面同情着织锦女，一面又感叹着自己的命运。

对于女子来说，最大的事情莫过于找到一个心爱之人，与他朝夕相守，在他的呵护下度过一生。而男子呢，爱情只不过是生命中的一部分，更重要的是要谋得一片似锦的前程。可惜，温庭筠注定无法成为那个前途一片大好的人，这份失落，想必与此刻的织锦女如出一辙吧？

每一次伤心绝望之后，温庭筠都会离开伤心地，到别处走走，换个地方生活。长安，是个让他几次三番失望透顶的地方，伤心难过之时，他想到了回家，故乡的山水最是包容，他有些迫不及待地投入家乡的怀抱。

说走就走，温庭筠简单收拾了行囊，立刻就踏上了归乡的行程。他先出潼关，再沿着京洛大道来到东都洛阳，路过汴州，再顺着汴水一路南下，来到了今江苏境内。

船过邳州，温庭筠特意下船去参拜了一下陈琳墓，陈琳是汉末著名的建安七子之一，曾为袁绍起草讨伐曹操的檄文。袁绍大败之后，陈琳归附曹操，被不计前嫌的曹操委以重用，创作了多篇军国书檄。

温庭筠曾经在史书中拜读过陈琳留下的诗文，十分仰慕这位古时的才华之士。如今自己算是在落魄之中，经过了陈琳的坟墓，不承想这位贤士的坟墓如今已经被荒草埋没，温庭筠坐在墓前凭吊，心中无限惆怅伤感，不知陈琳的在天之灵能否了解他此刻内心的苦闷。一番凭吊之后，温庭筠留下一首诗，算是对陈琳的祭奠：

过陈琳墓

曾于青史见遗文，今日飘蓬过古坟。

词客有灵应识我，霸才无主始怜君。

石麟埋没藏春草，铜雀荒凉对暮云。

莫怪临风倍惆怅，欲将书剑学从军。

最后一句，温庭筠竟然流露出想要弃文从武的想法，一个文人，该是郁郁不得志到何等程度，才会如此消极，想要从事一份自己丝毫不擅长的职业？

可是，进士的榜单上，也许以后都不会再有温庭筠的名字，他多希望自己能像陈琳一样名垂青史，但在这种四处遭遇打压的情况下，也许他终将成为一名默默无闻的人间过客。温庭筠觉得自己是“飘蓬”而过，他原本是一个多么自负的人，如今却因为惆怅，也沦落到了“自伤”的境地。

半生努力，终化作泡影，光是想想，都能体会到温庭筠内心的失落。离家越近，他对家乡反而更加思念，因为只有家才是一个温暖到可以疗伤的地方。

旧城·十里潇潇，何处春风

无论脚步走得多远，只有家是心灵的港湾。如果忘却了家乡，怎么让脚步继续流浪？旅途中内心蒙上的苦涩，还要靠家乡泉水的甘甜来调剂。

正值阳春三月，是江南最好的时节。温庭筠离开邳州，一路向南，路过盱眙，看着夕阳下的茫茫水波，心中不禁再次泛起愁思。回家的路依然那样漫长，到了晚上，温庭筠只能投宿在盱眙，看着天上的一轮残月，思念起远在三千里之外的弟弟温庭皓，他一定也在思念着自己。情动之时，温庭筠只能用一首诗聊以自慰：

旅次盱眙县

离离麦擢芒,，楚客意偏伤。
波上旅愁起，天边归路长。
孤桡投楚驿，残月在淮墙。
外杜三千里，谁人数雁行。

三月末，温庭筠来到了扬州，这里有一位故人，既然来到这里，就不得不拜访一下。这位故人就是李绅，时任淮南节度使。三十多年以前，李绅还是一名在无锡闲居之人的时候，年幼的温庭筠就特意从家乡吴中赶去无锡拜访过一次，如今，李绅已经成为一名朝中重臣，身居高位，温庭筠此次拜访，除了叙叙旧情，更希望李绅能对自己稍加提拔。

拜访李绅时，温庭筠献上了一首《感旧陈情五十韵献淮南李仆射》，洋洋洒洒一首长诗，的确从“感旧”写到“陈情”，最后又表露了希望能留在李绅身边入幕的想法。

对于温庭筠的想法，李绅并没有直接表态，只是将他留在身边多加款待，却迟迟没有流露出同意温庭筠入幕的态度。

于是，从春日到秋日，温庭筠就在等待李绅的回应中度过，这也让他在扬州逗留了许久，闲来无事，只能畅游扬州的名胜古迹，打发无聊的时光。

那一日，温庭筠来到了扬州城内的孔融墓，孔融是东汉末年的文学家，也是建安七子之一，自幼便有奇才，才高八斗，却不见容于世。这让温庭筠想到了自己的遭遇，与孔融是何其相似。如今孔融早已作古，自己还要留在这个世界上苦苦挣扎，空有激昂壮志，却依然怀才不遇。于是，一首诗作便在此时有感而发：

过孔北海墓二十韵

抚事如神遇，临风独涕零。墓平春草绿，碑折古苔青。
圭玉埋英气，山河孕炳灵。发言惊辨囿，挧翰动文星。
蕴策期干世，持权欲反经。激扬思壮志，流落叹颓龄。
恶木人皆息，贪泉我独醒。轮辕无匠石，刀几有庖丁。
碌碌迷藏器，规规守挈瓶。愤容凌鼎镬，公议动朝廷。
故国将辞宠，危邦竟缓刑。钝工磨白璧，凡石砺青萍。
揭日昭东夏，抟风滞北溟。后尘遵轨辙，前席咏仪型。
木秀当忧悴，弦伤不底宁。矜夸遭斥鷃，光彩困飞萤。
白羽留谈柄，清风袭德馨。鸾凰婴雪刃，狼虎犯云屏。
兰蕙荒遗址，榛芜蔽旧坰。镮辕近沂水，何事恋明庭。

扬州城内外的名胜古迹自然有限，温庭筠很快就游览了一遍。余下的时间，除了等待李绅的回应，温庭筠也结交了一些朋友。

孙令便是温庭筠在扬州结交的朋友之一，不过，两人相处的时间并不算长，温庭筠还没有离开扬州，孙令却要先行一步了。

他要赶往淮阴去赴任，温庭筠前来送行，此时已是暮春时分，温庭筠与孙令的交往也不过个把月，两人却一见如故，短短的时间之内就培养出了深厚的友情。温庭筠目送着孙令乘上一叶孤舟，沿着运河一路北行，有些依依不舍，独自站在堤岸边久久不愿离去。他想象着孙令沿途也许会看见运河边上的市镇风情，也畅想着有朝一日孙令必定能载誉而归，到时候父老乡亲将在长满芦苇的岸边热情相迎。温庭筠也将这种送别之情与美好的畅想写在了诗中：

送淮阴孙令之官

隋堤杨柳烟，孤棹正悠然。
萧寺通淮戍，芜城枕楚壖。
鱼盐桥上市，灯火雨中船。
故老青葭岸，先知虑子贤。

从初春一直等到深秋，温庭筠依然没有等到李绅的回应，他已经隐约预感到自己入幕无望，于是，已经做好了离开扬州的打算。

临行之前，温庭筠还有一处地方想去，那就是扬州法云寺。人在失意之时，总是寄希望于神明。不知道温庭筠此刻是不是也把神明当作了救命稻草，不过，他早就听说扬州法云寺的香火鼎盛，既然来了，就不得不去参拜一下。

法云寺的殿外，有两株巨大的桧树，走到近前，还能闻到淡淡的香气。此刻已是深秋，别的树木早已叶黄凋落，唯有桧树长青，显得那样桀骜不驯。看到桧树，温庭筠便想到了自己，在众多人中，他永远是特立独行的那一个，桧树又何尝不是，可是，到了万物凋零的深秋，却只有桧树顶着绿绿的枝叶傲然挺立，温庭筠不愿做大多数，他也要像桧树那样不随波逐流。于是，一首《法云寺双桧》便有感而发：

晋朝名辈此离群，想对浓阴去住分。
题处尚寻王内史，画时应是顾将军。
长廊夜静声疑雨，古殿秋深影胜云。
一下南台到人世，晓泉清籁更难闻。

李绅迟迟没有回应，温庭筠知道自己该走了，家乡吴中才是那个可以无条件包容他的地方。

途径丹阳县，温庭筠又路过了一座寺庙，名叫开圣寺，这是一座建于南朝的寺庙，温庭筠不禁信步前往。深秋的寺庙门前，飘浮着一层轻轻的烟霭，温庭筠沿着曲折的小路蜿蜒而行，经过两旁嶙峋的怪石，感受着扑面而来的山风。眼中的景象是那样萧索，因为林中的树叶已经落尽，只剩下光秃秃的枝桠。

原来这已经是一座被荒废的寺庙，人就是这样现实，寺庙鼎盛时，说佛祖就在心中，寺庙一旦荒废，便连一个来打扫的人也没有。想到此处，温庭筠有些悲从中来，写下一首诗：

开圣寺

路分谿石夹烟丛，十里萧萧古树风。
出寺马嘶秋色里，向陵鸦乱夕阳中。
竹间泉落山厨静，塔下僧归影殿空。
犹有南朝旧碑在，耻将兴废问休公。

马儿已经伴随温庭筠在回家的旅途上奔波了许久，来到开圣寺，它似乎终于能偷得一刻停歇，温庭筠解下了马儿的鞍辔，它感到了无比轻松，悠闲地用马蹄轻轻踢着脚下的石子，鼻子里发出欢快的响声，一时玩得兴起，再朝天空发出愉悦的嘶鸣。

已近黄昏日暮，夕阳西下，落日的余晖染红了远近的山岭。到了在外觅食的乌鸦归巢的时间，似乎有的乌鸦还没有找到足够的食物，依然不甘心地在丛林间飞来飞去，时而发出聒噪的叫声。

乌鸦的叫声似乎正映衬了开圣寺中的荒凉，遍地的枯草不知多久没有修剪过，原本笔直向上生长的竹子，因为久无人打理，也长出了纷乱的枝丫。只有寺中的清泉依旧汩汩流淌，可是却如同一泉弃水，早已无人来取用。

任何一间寺庙，走到殿门之外，都能闻到香烟缭绕，听到木鱼声声，然而开圣寺是个例外，殿内安静得让人不安，温庭筠举目四望，赫然发现就在殿外的不远处林立着座座墓塔，原来寺中的僧人都已经作古，那一座座墓塔，就是他们肉身的最后栖息地。

这座建于南朝时期的寺庙，到如今已经有几百年的历史，它就像再也不复存在的南朝一样，独自立于时间的一隅，渐渐地被人遗忘。在寺庙的院落里，还立着记载当年建寺的南朝的旧碑，上面的文字沾染了岁月的斑驳，却依然清晰可见。

虽然不愿承认，但朝代的更迭已成现实。那么大唐呢？会不会也像南朝一样被历史的车轮碾压，最终零落成尘？想到此处，温庭筠即将回家的兴奋之中，蒙上了一丝伤感。

坚韧·莲子芳心，此情谁知

久别重逢，可以打开时间的窗，扑面而来或悲或喜的往事，那是从指缝中流走的昨天。走过春夏秋冬，看过花开花谢，才知最割舍不断的，依然是乡愁。

回乡的路上，只要路过寺庙，温庭筠总要进去参拜一番。他并非在佛像面前向佛祖祈愿，只是身为过客，要对神明聊表一番敬意。

温庭筠路过盘石寺，竟意外相逢了一位故人。这位故人是多年的老友，只因各为前途奔波，已经许久不曾谋面。意外重逢，备感喜悦，更能抚慰温庭筠一路上的孤单与寂寞。他与故人在盘石寺中彻夜畅谈，夜深了就寄宿在寺中。

已是秋季，夜晚时分，天空落下了阵阵秋雨，西风夹带着雨丝透过窗户落在温庭筠的身上，丝丝凉意让他感叹，又到了一年即将结束的时候：

和友人盘石寺逢旧友

楚寺上方宿，满堂皆旧游。月溪逢远客，烟浪有归舟。

江馆白蘋夜，水关红叶秋。西风吹暮雨，汀草更堪愁。

男子悲秋，所言非虚，就连温庭筠这样一个洒脱不羁的浪客，都为熬不过秋冷的汀草发愁。

算算时间，温庭筠已经距离家乡吴中很近。诗中的盘石寺，大概就是如今江苏省无锡市的斗山禅寺，再向北一些，就是江阴文林。这是一座建于西汉时期的古刹，在江阴文林的乡志上，赫然记载着它的前身就叫作“盘石寺”。

这是一座香火鼎盛的寺庙，千百年来，香客络绎不绝，难怪温庭筠要特意前往参拜一番，也难怪在偌大的江南，能在这里偶遇旧友。

温庭筠并非只遇到一位故人，恰逢这位故人也与众人在寺庙中相聚，在座的满堂宾客，大多都是温庭筠的旧识。直到这一刻，他才感觉到家乡真的近了，短暂的相聚过后，他又要踏上回乡的行程。

与众友人分别时，温庭筠又留下一首诗篇，权当临别之作：

盘石寺留别成公

槲叶萧萧带苇风，寺前归客别支公。三秋岸雪花初白，一夜林霜叶尽红。

山叠楚天云压塞，浪遥吴苑水连空。悠然旅榜频回首，无复松窗半偈同。

一场秋霜，宣布着秋季正式来临，一直开到秋天的花朵，也被一夜秋霜蒙上了一层白色。远远望去，仿佛遍地开满了白色的花朵，唯有枫叶没有被秋霜染白，而是在骤然下降的气温里变成了一片鲜红。

伴随着萧萧的落叶，温庭筠在盘石寺前与一众旧友作别。他登上小船随波远去，行到江心，依然忍不住频频回首，看到岸边的旧友们依然在挥手与他道别。

会昌元年深秋，阔别已久的故乡吴中终于又呈现在了温庭筠的面前。一别多年，家乡并未改变，记忆中的痕迹依然停留在原地，可温庭筠的一颗心却不似当初，这细微的些许变化，只有他自己能够体会。

近乡情更怯，又是万物萧条的深秋，虽然已经踏上家乡的土地，温庭筠的心情却亦喜亦悲。此次归来，并非衣锦还乡，反而更像是在避风港中疗伤，情到深处，一首《东归有怀》，凝聚了温庭筠的无限心事：

东归有怀

晴川通野陂，此地昔伤离。一去迹常在，独来心自知。

鹭眠茭叶折，鱼静蓼花垂。无限高秋泪，扁舟极路歧。

温庭筠乘坐的小船静静驶入家乡的水岸，甚至没有惊动起睡梦中的白鹭和水中安然游动的鱼儿。红蓼花是江南水乡特有的植物，每当蓼花开放，便知江南已经进入深秋。一路上的悲情在走进家乡的那一刻尽数释放，此刻的情感，似乎比一路上的心境更加悲凉。

无论如何，故乡总是在外奔波的旅人最好的慰藉。在外多年，看惯了北方冬日里的漫天飞雪，回到江南，冬日里依然一派婉约与温和。南北天气的差异，像极了南方人与北方人的性格差异，北方人的性格豪爽奔放，南方人的性格温柔缠绵。

江南的冬日并不寒冷，天气好时，在室外还能感到阳光的暖意。这温暖渐渐融化了温庭筠一颗被坚冰封冻的心，他又开始有了游山玩水的兴致，好不容易挨过了一个冬天，到了草长莺飞的春日，他想要到外面去走走的心思又蠢蠢欲动。

会昌二年的春天，江南又迎来了一派万物复苏的景象，温庭筠想要去越中游览一番，先是从苏州沿着运河来到杭州。途径杭州时，温庭筠又看到了熟悉的钱塘春水，那迷人的景色，让他忍不住流连其中，更忍不住留下一首首动人的诗篇。

来到杭州，不得不再到苏小小墓前流连一番，那位多情的女子永远吸引着历代文人墨客前来吊唁，虽然身为“诗伎”，却无人对她低看一眼，反而欣赏她的才华横溢，称颂她的多情多义，古往今来，也留下了不少对苏小小称颂怀念的诗篇。

有人说苏小小是中国古代第一美女、第一才女，是江南的绝代佳人。可惜温庭筠虽然生长在江南，却与苏小小错过了几个朝代，唯有诗篇，才能聊表他对苏小小的追思与欣赏：

苏小小歌

买莲莫破券，买酒莫解金。
酒里春容抱离恨，水中莲子怀芳心。
吴宫女儿腰似束，家在钱唐小江曲。
一自檀郎逐便风，门前春水年年绿。

虽然温庭筠与苏小小之间隔着一道生死的屏障，却仿佛可以透过那座冰冷的墓碑，看到苏小小正独自坐在桌边饮酒。她美丽的容颜上带着无法掩饰的黯然神色，即便不用开口询问，也知道她此刻一定是在思念远方的情郎。

不知那位抛弃了苏小小的阮郁公子，回到家中是否真的还能找到与苏小小在一起时的欢乐。世人只知苏小小虽在一众仰慕她的人的抚慰下从病中康复，回归了车马盈门的生活，却不知她依然会在独处时黯然神伤。

有些话无法对别人倾诉，只能暗暗放在心中，她感叹纵然不缺金钱，却买不到他人的怜爱，唯有借酒消愁，愁绪反而更胜。酒杯中倒映出苏小小的容颜，还是那样姣美，可是她的眉梢眼角之间却含了些许的恨意，想必她是恨阮郁的，恨他对自己的薄情。

苏小小也恨自己，空有一颗爱阮郁的芳心，却得不到阮郁的珍惜。如今因为相思，她变得容颜憔悴，腰肢也变得纤细，那时柳永尚未出生，否则此刻苏小小一定会默念他在《蝶恋花》中的名句："衣带渐宽终不悔，为伊消得人憔悴。"

当初她真不知是否该放阮郁归去，自从他乘船消失在视线当中，苏小小就只能与门前的春水和春风相伴。时间过了一年又一年，那个熟悉的身影再未出现。光阴没有带回心爱的人，却带走了苏小小的青春年华。如此姣美的容貌，还能拥有几日？即便阮郁有朝一日回心转意，看到苏小小早已老去的容颜，想必也无处找寻当日爱情的点滴了吧？

自从阮郁走后，倾慕苏小小的人越来越多，上江观察使孟浪来到钱塘，听说苏小小的美名，便想与之相见。可惜孟浪身为官员，苏小小身为“诗伎”，孟浪担心主动上门会损坏自己的官名，只好派人来请苏小小到他府中。

不承想苏小小却架子很大，一连催了几次，才不情不愿地前来。孟浪打算小小地为难一下眼前这位不愿展露笑颜的女子，指着庭外一株梅花让她作诗。

苏小小几乎未思考，便脱口而出：“梅花虽傲骨，怎敢敌春寒？若更分红白，还须青眼看。”

一首从容不迫的诗篇，让孟浪对苏小小另眼相看。可惜红颜注定薄命，纵然有世间女子少有的才华，苏小小还是在第二年春日抱病含恨离去。

站在苏小小墓前，温庭筠仿佛可以与她进行心灵间的对话。如今的温庭筠，可以说得上是读过万卷书，行过万里路，因为没有经历过一帆风顺的人生，因此对苏小小的遭遇也就更能感同身受，也倍添同情。

苏小小的痛，是等不回薄情的情郎；温庭筠的痛，是也许此生再与科举和仕途无缘。此刻的他，内心是空虚的，家乡的亲情也填不满他内心的空缺，唯有在脚步徜徉之间，才能找寻到些许的欢乐。也许这也是一种对现实的逃避，也是温庭筠悲剧人生的开始。

回吴·钱塘春水芳菲欲度

岁月是一首诗，且行且吟。经历了红尘俗世，看透了人情冷暖，也只有故乡，能找到一片人间芳菲。

去罢苏小小墓，温庭筠又来到了萧山，面对着钱塘江潮水，温庭筠写下了一阕《河渎神》：

> 孤庙对寒潮，西陵风雨萧萧。谢娘惆怅倚兰桡，泪流玉箸千条。
>
> 暮天愁听思归乐，早梅香满山郭。回首两情萧索，离魂何处漂泊？

温庭筠眼中的景象是凄冷的，西陵孤庙、风雨潇潇、寒流无尽，让他感觉所处之地的空旷与寂寥。这位花间词人再一次找回了对女子情愫的体会，此刻的他仿佛化身成一名女子，用女子的视角去看待眼前的寥落。

杜鹃的思归之鸣，更添人的愁思。早开的梅花已经开满了山郭，这景象虽美，却无法永远留住。

这种伤感之情不似温庭筠原本的不羁情怀，更像是几百年后出生在大清朝的纳兰容若，看到花开，便忧伤花谢，也许温庭筠是从哪位女子之处体会到的这种悲情，也许那名女子此刻正茫然无所依，看到眼前的一切才处处都是萧索。

温庭筠并没有在钱塘江岸逗留太久，他总是有许多想去的地方。到了越中，不能不去拜访大诗人贺知章的故居，温庭筠欣赏贺知章的诗才，更欣赏他为人的豪放洒脱。

贺知章曾经评价李白是“谪仙人”，年近八旬与年轻的李白初次相见，便发生了“金龟换酒”的故事，足以见得贺知章是个好酒又重情的人。唐代诗人杜甫曾在《饮中八仙歌》中描述贺知章：“知章骑马似乘船，眼花落井水底眠。”

当年贺知章酒醉骑马而归，为了躲避一个幼童，年近八旬的贺知章从马上摔入井中，竟然毫发无损，酒劲上来，索性在枯井底下睡了一觉。

来到贺知章的故居，温庭筠也一定要留下些纪念贺知章的文字：

题贺知章故居叠韵作

废砌翳薜荔，枯湖无菰蒲。

老媪饱藁草，愚儒输逋租。

当年贺知章自请为道士，恳请告老还乡，其实凭他的精力，还可以在朝中有所作为，回乡之举，不过是他对玄宗与大唐已经有了诸多失望之情。回乡之后，贺知章求来数顷湖泊作为放生池，积下了无数功德，却在回乡之后不久便撒手人寰。

如今贺知章已死去多年，他的故居早已无人打理，只剩下了废墙与枯湖，荒凉不堪。

温庭筠不忍在这荒凉的景象中逗留太久，凭吊过贺知章之后，便来到了天台国清寺。这里是一行和尚当年居住过的地方，如今还留有一行和尚居住过的精舍。

一行和尚是张公谨的曾孙，从小就出家为僧，自幼聪慧，充满才智。唐玄宗曾经召他入正大光明殿改写历书，后来又到丽正殿与翰林学士们一同校对，《大衍历》一卷、《历议》十卷、《历成》十二卷、《历书》二十四卷、《七政长历》三卷都出自一行和尚之手。

一行和尚曾将自己制作的一部黄道游仪进献给玄宗，玄宗亲自在上面撰写《游仪铭》，放置在观测天象的灵台上测量时辰。

一行和尚是一位在历学上卓有建树的僧人，在佛教界也有不容小觑的名声和地位，带着崇敬的心情，温庭筠写下一首祭奠一行和尚的诗篇：

宿一公精舍

夜阑黄叶寺，瓶锡两俱能。松下石桥路，雨中山殿灯。

茶炉天姥客，棋席剡溪僧。还笑长门赋，高秋卧茂陵。

从诗中可以读出，温庭筠在越中已经从春日逗留到了叶黄时节，已是又一个秋日，大半年的时间在游历中度过，天气渐寒，景色日渐萧条，又到了该回家的时候。

温庭筠不疾不徐地沿着原路返回，钱塘是他回家的必经之路。正所谓“人生何处不相逢”，途径钱塘江，温庭筠又遇到了一位旧友，他要去的方向刚好与温庭筠相反，短暂相聚之后，便一个往西，一个往东。

临行之前，温庭筠将一首诗送给旧友。用诗词作为临别馈赠，是古时的文人墨客最常采用的方式：

江上别友人

秋色满葭菼，离人西复东。几年方暂见，一笑又难同。

地势萧陵歇，江声禹庙空。如何暮滩上，千里逐征鸿。

可见温庭筠与旧友只有短暂的重逢，他们都在匆匆赶路。人生仿佛就是一场不知何时才会结束的旅程，每一天都行走在或是相同，或是不同的路上，奔赴一段未知的风景。这一点，温庭筠最有感触，自从成家以后离开家乡，他一路去过长安，到过蜀中，再回到长安，又回到家乡，兜兜转转，仿佛命运为他画下一个圆圈。但是，他始终在计划着跳出这个圆圈，另辟蹊径。

一个又一个寺庙，留下了温庭筠彷徨的足迹，其中不乏早已荒废的寺庙，在温庭筠的《题萧山庙》中，就能读出一座被遗忘的古刹的满纸荒凉：

故道木阴浓，荒祠山影东。衫松一庭雨，幡盖满堂风。

客奠晓莎湿，马嘶秋庙空。夜深池上歇，龙入古潭中。

这不是温庭筠第一次来萧山庙，沿途的荒凉他早已再熟悉不过，却依然忍不住想要到这空旷的寺庙里让自己的心变得宁静。回乡近一年时间，在长安的种种遭遇已经在心中渐渐平复，因为平复，也就渐生出些许不甘，虽然温庭筠此刻的脚步一直是在朝家乡的方向迈进，可是一颗不甘于现状的心，已经开始与自己的脚步背道而驰。

再一次回到家中时，已是初冬季节，家的温暖不仅融化了温庭筠心中的坚冰，更滋生出再次外出打拼的勇气。

不知不觉，又一个冬天就在静默中过去，江南的春日总是来得比别的地方更早，没有被冰层牢牢封住的湖水早早地就开始解冻，只需几场春风轻轻地吹拂，就又恢复成波光粼粼的欢快模样，水中的鱼儿在天气晴好的时候纷纷浮到水面上觅食，又到了垂钓的最好时节。

当柳树在春风的吹拂下抽出第一丝嫩芽，温庭筠就再也坐不住了。他渴望外面的世界，即便不去远方，至少到湖边走走，感受一下垂钓之乐也是一种消遣。

不过，温庭筠本就很少在家居住，如今一连住了一年多已是不易，家中并没有他太多的物品，更不要提用来垂钓的钓钩。

他想到了自己的朋友裴生，一个善于垂钓之人，他那里一定有各种各样的钓鱼用具，可是想到要去找裴生借钓钩，温庭筠还有些踌躇。当年温庭筠决定到长安求仕之前，裴生曾经劝阻过他，认为时机并未成熟。裴生最喜欢姜太公直钩垂钓的故事，认为只要是人才，机遇早晚有一天会送上门来。

可是温庭筠辜负了他的劝阻，奋不顾身地北上求仕，最终只落得两手空空而返。他对裴生感到一丝惭愧，自从温庭筠北上，两人的联络就渐渐少了，如今想要再次登门，温庭筠必须放低自己的姿态。可是以温庭筠的个性，直截了当的道歉又实在说不出口，思来想去，他再次想到了用诗词代表自己的歉意：

寄裴生乞钓钩

一随菱棹谒王侯，深愧移文负钓舟。
今日太湖风色好，却将诗句乞鱼钩。

温庭筠借由这首诗既表述了自己拜谒求仕失败的现状，又隐晦地表达了对好友的惭愧之情，最后又希望约好友一同前往太湖垂钓，从此冰释前嫌。

真正的友情并不会因为一次劝阻失败就土崩瓦解，裴生虽对温庭筠不顾劝阻执意北上感到些许生气，却还不至于耿耿于怀。两个人的友情借由一个小小的钓钩得到了延续，垂钓之余，温庭筠又透露出自己想回到长安的想法。

这一次，裴生没有劝阻，他知道以温庭筠的个性，劝阻也没有用。索性就让他出去闯荡，无论是成是败，两个人的友情永远都是他最稳固的后盾。

直到这一刻，温庭筠已经没有任何犹豫的理由，这一年的暮春时节，温庭筠告别了好友，告别了家人，再一次踏上了去往长安的行程。

船行至润州，温庭筠留下一阕《更漏子》：

更漏子·背江楼

背江楼，临海月，城上角声呜咽。

堤柳动，岛烟昏，两行征雁分。

京口路，归帆渡，正是芳菲欲度。

银烛尽，玉绳低，一声村落鸡。

回想起在长安经历的种种，都是不堪回首的往事，而此次再去，前路却依然未知。温庭筠倚靠着润州江边的楼阁，眺望着从水面上渐渐升起的明月，耳畔回荡着城上传来的号角声。此刻他的心情并不愉悦，那号角的声音听上去也仿佛是呜咽之声。

从前每次看到柳树，温庭筠的心情总会好起来，因为柳丝拂动起来是那样柔软，仿佛能拂走心头的一切尘埃。可是此刻看来，拂动的柳丝仿佛更加搅乱了本就不平静的心。夜色渐浓，江面上起了一层薄雾，水中心的小岛在夜色与雾气的笼罩下显得越发朦胧，天上有一行由南向北飞去的大雁，飞着飞着分成了两行，朝着两个不同的方向飞去，似乎正在经历一场离别。

瞭望远处的京口渡头，归去的航船已经起航，温庭筠虽然刚刚离家，却已经有些想家，花儿似乎也能感知他对家乡的思念，纷纷伤心地凋落了花瓣。

夜已深，蜡烛已经燃尽，天上的星星也不似刚刚升起时那般活跃，仿佛也在夜色中感到了困倦，低下了头。原来是已近天明时分，村中的公鸡已经开始报晓，天就快亮了，在对家乡的思念和对未来的迷茫当中，温庭筠已经不知不觉度过了一个不眠之夜。

如果说上一次回到家乡，是命运在温庭筠的生命中画下了一个圆圈，那么这次重返长安，又何尝不是另一个圆圈？可即便是在同样的圆圈中周而复始地盘旋，温庭筠也不愿留在家乡被困守在原地。

他甚至不知道自己是否有再次参加科考的机会，可来到长安，毕竟意味着可以获得更多的机会。可是想到死去的太子李永和李德裕，那是两个最欣赏他的人，没有了他们的照拂，自己未来的路走得还能顺畅吗？

此刻的温庭筠，已经抱着一种破釜沉舟的决心。家乡虽好，可留在那里就意味着一辈子默默无闻。他想再逼自己一次，拼尽全力地挣扎一次，一次打击不足以让他一蹶不振，天已大亮，温庭筠义无反顾地再一次踏上征程。

东归·万古烟波，风帆一片

如果人生是一场梦，究竟哪里才是梦想停泊的彼岸？家乡与他乡，都曾经留下过不甘于安稳的脚步，几番心碎之后，谁又能为你唱响一支梦的歌谣？

对于温庭筠来说，吴中与长安，都是熟悉的地方，虽然在长安兜兜转转生活了许多年，可就是感受不到家乡般的亲切，因为，无论多熟悉，这里都不能如家乡般给予温庭筠抚慰，长安带给他更多的是挣扎，是迷茫，也有对未来的美好向往。

正因为对家乡有着割舍不断的眷恋，每当听说有人要去吴中，总会勾起温庭筠的思乡之情。

当温庭筠听说自己的一位卢姓好友要去吴越一带游玩，马上又作一首诗将吴越的大好风光展现在好友眼前：

送卢处士游吴越

羡君东去见残梅，唯有王孙独未回。吴苑夕阳明古堞，越宫春草上高台。

波生野水雁初下，风满驿楼潮欲来。试逐渔舟看雪浪，几多江燕荇花开。

在温庭筠的心目中，吴越一带的一切景象都是美的。他甚至羡慕卢处士有机会投入吴越美景的怀抱，那是温庭筠记忆中的美好，可惜却不能与这些美好长久地厮守。

温庭筠回忆起少年时代畅游吴苑的经历，那里的断壁残垣都在记忆中开出了绚烂的花朵。吴越还有每年涨一次大潮的钱塘江，每一次涨潮的壮观景象，都如同风雨欲来，气势磅礴。即使到了冬天，吴越的景致也不会显得荒凉，虽然不至于四季花开不败，但却比别处的花开得更加长久。

卢处士去往吴越之后，温庭筠对与故乡的一切依然念念不忘。得知卢处士已经到了吴中，温庭筠又特意托人给他捎去了一首诗：

寄卢生

遗业荒凉近故都，门前堤路枕平湖。绿杨阴里千家月，红藕香中万点珠。

此地别来双鬓改，几时归去片帆孤。他年犹拟金貂换，寄语黄公旧酒垆。

温庭筠的确对故乡的一草一木都念念不忘，无论离乡多久，故乡的每一处景致，每一个细节都深深地刻在他的脑海里，只要回想，眼前就会出现一幅名字叫作“故乡”的画卷，那画卷上有家门前靠近湖畔的一条堤路，到了盛夏，碧绿的杨树在阳光下投射下片片阴影。那是一个繁华而不喧闹的地方，上千户人家在那里定居，享受着大自然最美好的馈赠。到了秋日，荷花凋谢，莲藕长成，香气扑鼻的莲藕一度是温庭筠最喜爱的美食，那清香的味道仿佛一直在鼻端缭绕。

他还特意在信中叮嘱卢处士，一定要到一位姓黄的老者开的酒垆里捎去自己的问候。那家酒垆已经开了好多年，曾经是温庭筠最喜欢用来消磨时光的地方。他当年还曾半开玩笑地对黄公承诺，将来等自己发达了，一定会拿着金貂来换酒喝。他想让卢处士告诉黄公，当年许下的承诺他并没有忘记，有朝一日也一定会实现。

离开长安一年，那个守卫森严的皇城距离温庭筠依然是那样遥远。那一日，他来到渭河桥上，心中已不似最初回到长安时那样迷茫。他已经下定决心好好规划一下自己的未来，这样想着，脚下的渭河水也看似平静了许多：

渭上题三首

其一

吕公荣达子陵归，万古烟波绕钓矶。
桥上一通名利迹，至今江鸟背人飞。

其二

目极云霄思浩然，风帆一片水连天。
轻桡便是东归路，不肯忘机作钓船。

其三

烟水何曾息世机，暂时相向亦依依。
所嗟白首磻谿叟，一下渔舟更不归。

渭水边上就是当年姜太公直钩垂钓的地方，周文王恰好从渭水边经过，拜姜太公为军师，在姜太公的辅助下灭掉商朝。姜太公在遇到周文王之前，不过是个宰牛的屠夫，过着半隐居的生活，然而，在世人看来，姜子牙并不算是一名隐士，他有雄心壮志，只是在等待命运的一次荣宠。

而同样隐居垂钓的汉朝严子陵才是一位真正的隐士，他曾是东汉开国皇帝光武帝的同学，光武帝多次请他出山做官，都被拒绝。

两个同样隐居垂钓的人，却有着截然不同的命运，温庭筠知道，如今的世道，又有几个人能真正甘心隐居，他打从心底里厌恶那些追名逐利的人，在他看来，就连江鸟都想要绕开这样的人飞行。

这样想着，姜太公在温庭筠心目中的形象也就不那么高大了，他虽然有治世之才，也成为周朝的开国功臣，可是他所谓的隐居，其实暗藏了心机，温庭筠的骨子里是清高的，他既欣赏姜太公的才华，却又不赞同他对功名的渴望。

想到此处，温庭筠把目光投向了远方，看着浩渺的水波，心中升腾起一股浩然之气。广阔的水面上漂着点点白帆，这大好的河山都归李唐王朝所有，可是那些身为帝王的人又有几日获得真正的快乐？还不如那些乘船在水中漂流的人更悠然自得。

如果人人都愿意拥有最简单的快乐，也许这个世界就真的能够洁净一些，可惜名与利的诱惑实在太大，没有人甘心就这样轻易抛弃。

其实，就连温庭筠自己都不能真正放弃对名利的追求，否则他为什么舍弃家乡安逸的生活，偏偏来到京城谋求生路？姜太公对名利场的渴望并没有错，像他这样的有德有才之人，就应该去寻求一片更广阔的前程。可是仕途是一条不归路，一旦踏上，就再难回头。那些如今乘着小船在河面上悠然自得的人，如果走下渔船去追逐名利，想要重新回到小船里，就不再那么容易。

温庭筠曾经矛盾过，究竟是应该隐居世外桃源，还是回到长安城这座名利场，对于官场，他依然有些悲观，因为他曾经历过太多坎坷，许多激情早已被磨灭。他痛恨那些名利场中踩着别人往上爬的小人，如果一定要用这样的方式成就自己，他宁愿选择放弃。不过，几次辗转之后，磨灭了激情的温庭筠也渐渐平静了下来，如果依然想通过仕途有所作为，还需要好好地规划一下。

第五章

憩之湘鄂，闲游野鹤

东风·娟照棋烛

繁华还未落幕，生命也无法找回安宁，无论红尘是繁盛抑或衰败，总要有一个不被打扰的角落，安放无处安放的灵魂。

温庭筠并不住在长安城内，而是住在长安西南方的鄠县东郊，温庭筠喜欢那里离京城够近，又仿佛世外桃源般不易被外界打扰，当第二次北上，这里便是温庭筠住所的不二选择。

不过，在回到鄠杜之前，温庭筠中途还转道去了一趟湖湘之地，也就是如今的湖南，他要去拜谒当时的湖南观察使裴休，希望他能对自己多加提携。

在裴休府中，温庭筠偶然见到了一名坐在雨中发呆的女子，他不知道这名女子是什么身份，可是从她悲伤的神情当中，就知道她一定是在思念某个人。温庭筠断定，女子思念的一定是她的情郎，深闺中的女子，没有太多需要烦恼的事情，除了一个“情”字难以割舍。

独坐雨中发呆的女子给了温庭筠灵感，他用文字描绘了一幅女子的肖像：

湘宫人歌

池塘芳草湿，夜半东风起。生绿画罗屏，金壶贮春水。

黄粉楚宫人，芳花玉刻鳞。娟娟照棋烛，不语两含颦。

女子看上去对情郎的思念是那样深，就连下雨都浑然不知。善解人意的雨丝仿佛也不愿打扰女子的心事，只是无声地落下，默默地滋润着地上的青草。不一会儿，青草就已经被雨水打湿，女子这才发觉下雨，惆怅地回到了室内。

温庭筠最看不得女子忧伤的模样，他认为每一个女子都值得怜惜。到了半夜，雨水依然没有停止，又起了风，虽然只有一面之缘，女子甚至都没有发现温庭筠的存在，可他还是对这名女子充满了莫名的关心。他来到女子窗前，发现她房中的蜡烛依然亮着，荧荧的烛光在窗纸上投射出女子端坐窗边的身影。看来她已经无心入眠，这风声雨声，也许正刺激着她的心。

第二天一早，温庭筠看到女子还坐在与昨日相同的地方，天刚刚蒙蒙亮，别人都还未起床，女子的发型和装束与昨日相同，发丝未乱，头上的钗环都不曾卸下，脸上的脂粉也没有擦掉。温庭筠知道，女子一定是一夜未眠，她脸上淡淡的疲倦印证着这一点。

昨日从女子窗外经过时，温庭筠看到她在一个人下棋，她的对面是一盏烛火，蜡烛在流着泪，女子也流着泪。她一定是在思念一个等不回来的人，温庭筠不知道那个人是谁，去了哪里，却为女子苦苦守候的痴情而心疼。

也许这注定是一段没有结果的恋情，温庭筠多担心女子走不出情伤，就这样在等待中消耗了青春。青春多么宝贵，尤其是女子，转瞬之间就年华不再。可是温庭筠再想想自己，似乎和女子一样痴傻，他对朝廷总是抱有期望，却一次次地期望落空。

有时候，温庭筠觉得自己与这名女子是那样相像，宁愿默默忍受着心中的苦楚，也不愿意去取悦他人。其实，温庭筠并非真的如同外界盛传的那样玩世不恭、浪荡不羁，他所说的每一句话、做的每一件事，会引来什么样的后果，他心里通通清楚，只是因为耿直的个性，不愿意违背自己的内心。

温庭筠看得出来，女子丝毫没有怨恨远方的情郎，反而是在埋怨着自己。他从未见到女子和任何人说过一句话，始终在用一种沉默的方式折磨着自己，也许她早已经失去了对别人倾诉的力气与勇气，内心的孤独，比无人陪伴的孤独更加可怕。

这一点，温庭筠感同身受，如今的政治环境，几乎没有任何一个人与他的立场相同，于是，他成为了人们眼中的异类，如果想要获得他人的认可，也许就必须要和他们一样，沾染上一身污浊，而这是温庭筠最不愿意做的事情。

在湖南短暂停留了一段时间，温庭筠终究还是没有等到裴休一个肯定的答复，看来希望裴休提携自己的想法已经落空，温庭筠只好重回长安，一个人在这个既熟悉又陌生的地方重新开辟一条生路。

回到鄠杜的温庭筠，成了一名闲居之人。他离大唐王朝的朝堂是那样远，唯有会昌四年十月，唐武宗来鄠县校猎，成为温庭筠与皇帝距离最近的一次：

车驾西游因而有作

宣曲长杨瑞气凝，上林狐兔待秋鹰。
谁将词赋陪雕辇，寂寞相如卧茂林。

温庭筠居住的地方，离长杨宫旧址很近。皇帝外出狩猎，自然有大队人马相伴，景象异常热闹。古人都认为皇帝的周身笼罩着瑞气，皇帝在的地方，都被瑞气笼罩着。

温庭筠在朝中没有一官半职，不过是一名闲居鄠杜的闲散人员，不过他依然可以感受到自己居住的地方也被皇帝带来的瑞气笼罩着。如果来到猎场附近，就能听到皇帝带领着大队人马狩狐猎兔的声音，猎鹰在天空中高高地盘旋，只要瞄准猎物，就会迅速地俯冲下去。

不知道皇帝的身边是不是也有像温庭筠这样善于辞赋的人相伴，如此壮观的景象，总是需要一些辞赋来歌颂，来记录。

离皇帝越近，越能让温庭筠感受到自己的怀才不遇。他有些羡慕能在皇帝身边伴驾的人，自己却只能寂寞地卧在隐藏于茂密林间的鄠杜别墅里，感叹自己的命运与汉代的司马相如何其相似。

司马相如是汉代的辞赋家，世间流传着他与卓文君唯美的爱情故事。温庭筠记住的却是司马相如留下的华美辞章，司马相如曾经在汉景帝时期做过武骑常侍，可惜这并不能发挥他的所长，虽然陪伴在皇帝身边，却时刻都有怀才不遇之感。因病辞职之后，成为了梁王的一位门客，整日与志同道合的人结交，也才有了那一篇著名的《子虚赋》。

一直到了汉武帝登基，偶然读到《子虚赋》，十分欣赏，还以为是古人所写，感叹自己没能与这位作者生在同一个时代，没想到主管猎场的太监杨得意与司马相如是同乡，将他引荐给汉武帝，这才得到重用。

温庭筠在感叹自己怀才不遇的同时，也希望自己能等到像汉武帝那样懂得赏识人才的帝王出现，也许到时，他就会像司马相如一样名垂青史。

在遇到那个懂得赏识千里马的伯乐之前，温庭筠只能耐心等待。闲来无事，他便到四处游走，感受一下皇城周围的名胜古迹，从中追寻历史留下来的珍贵点滴：

重游圭峰宗密禅师精庐

百尺青崖三尺坟，微言已绝杳难闻。戴颙今日称居士，支遁他年识领军。

暂对杉松如结社，偶同麋鹿自成群。故山弟子空回首，葱岭唯应见宋云。

诗中的戴颙是一位真正的隐士，他生活的年代，正是南北分裂时期那段朝代更迭的岁月，戴氏一门全都无心功名，戴颙和他的父亲、兄弟们一起隐遁山林，过着以琴书自娱的生活。戴颙从父亲那里学得一手好书法，弹得一手好琴律，雕得一手好雕塑。

戴颙最喜欢和哥哥戴勃一起游览名山大川，可是戴勃在一次出游中染上重病，缺医少药，为了救哥哥的性命，戴颙才打算外出当官，解决眼前的困难。他托人帮自己当上海虞县令，眼看已经办妥，哥哥却在此时去世，戴颙做官的念头也就彻底放下。

宋国在战乱中建立，朝廷听说戴颙的才华和人品，打算召他为官，戴颙依然偏爱隐居的生活，辞官不就。他就住在黄鹄山中，那里风景优美，北面有大片的竹林，周围还有僧人和道士居住，戴颙就在这样清幽的环境里抚琴弄曲，日子过得逍遥自在。

戴颙的父亲戴逵生前十分擅长雕塑佛像，戴颙经常参与其中。一日宋世子铸造了一座六尺高的铜佛像，可是众人都觉得佛像的面部太瘦，工匠不知该如何修改，就请来戴颙。戴颙说："并不是面部瘦，而是肩膀太肥的缘故。"

工匠按照戴颙的话去修改，果然面部看上去不似从前那样瘦。到了元嘉十八年，戴颙去世。景阳山堆成后，皇帝不无感叹地说："遗憾的是不能让戴颙看上一眼了。"

温庭筠羡慕戴颙一生隐居，却还让宋文帝念念不忘，如果真的能够挽救大唐于颓势，他也宁愿像戴颙那样一生隐居，毕竟他追求的并非功名利禄，而是有所作为。可惜，这个梦想实在太过遥远，温庭筠此刻可以做的，依然只有静静地等待。

咏春·夜闻风雨

揽一窗芬芳，凝固于岁月的画卷。每个人都是红尘中一朵独一无二的花，游走于花间，更能在叹息之后收获一缕明艳。

多少个寒来暑往匆匆流逝，温庭筠一直在等待中度过。又是一个春日，长安的春天不似江南来得那样早，早春时节，依然乍暖还寒。刚刚脱去了厚重的冬衣，春风打在身上依然有些许刺骨，在这样一个并不算温暖的春日，温庭筠在浐水边经历了一场送别：

早春浐水送友人

青门烟野外，渡浐送行人。鸭卧溪沙暖，鸠鸣社树春。

残波青有石，幽草绿无尘。杨柳东风里，相看泪满巾。

在本就不温暖的早春时节送别友人，心中更添一抹寒意。微弱的阳光只晒暖了溪边的沙地，野鸭纷纷卧在沙地上汲取那得来不易的一丝温暖。鸟儿似乎总是能比人更早感知春意，鸠鸟站在社树上纵情歌唱，歌唱这个万物复苏的季节。

水边的石头因为常年放置在湿润的环境当中，上面已经长满了青苔，因为有水流的冲刷，那青苔上面半点尘埃也没有沾染。春天的东风吹得柳树已经长出了一层嫩绿的叶芽，如果不是送别，这样的景致多么让人心旷神怡。

温庭筠将眺望远方的视线收回，落到了站在对面的好友的脸上，好友也在看他，两人四目相对无言，好友即将登船远去，温庭筠多想说些送别的话语。可是千言万语如鲠在喉，刚刚想要说出来，却变成了一声呜咽。

温庭筠的眼泪止不住地流淌，好友也早已被泪水打湿了眼眶。两个人都难过得说不出话来，只是不停地用手绢擦拭着眼泪。温庭筠不知与好友分别之后何日才能再相见，好友担心温庭筠的个性不容于世。

两个人都有自己对对方的担心，却又一时间不知该如何说出口，只能用眼神给彼此一个默默的鼓励，期待一别之后，后会有期。

送别好友之后，马上就要到寒食节。寒食节就在清明节前的一两天，古时的人们十分重视寒食节，按照习俗，在寒食节的那一天要禁燃烟火，人人都要吃冷的食物，因此才叫寒食节。这样的节日也是对逝者的一种祭祀，相传是为了纪念春秋战国时代的贤士介之推。

当年晋国太子申生被晋献公的妃子骊姬陷害自杀之后，申生的弟弟重耳因为担心自己被害，便流亡出走，跟随他的臣子陆续自寻出路，只有包括介之推在内的几名忠臣一直跟随。一路流亡，食物不济，一日重耳饿晕了过去，介之推就割下自己腿上的肉烧熟了给重耳吃。

当重耳十九年后成为了晋文公，想要让介之推接受封赏，介之推却闭门不受。为了躲避晋文公，介之推背着老母躲进了绵山。为了让介之推出山，晋文公派人放火烧山，没想到大火烧了三天三夜，依然不见介之推的身影，当晋文公派人进山寻找，才发现介之推母子已经抱着一棵柳树、被烧死了。

晋文公望着介之推的尸体大哭不止，为了纪念介之推，他在山上建起祠堂，把山名改为介山，又把放火烧山的这一天定为寒食节，下令这一天禁烟火，只吃寒食。

中国人重视亲情，任何一个节日都是举家团圆的时刻。眼看寒食节就要到来，温庭筠有些想家：

寒食前有怀

万物鲜华雨乍晴，春寒寂历近清明。残芳荏苒双飞蝶，晓睡朦胧百啭莺。

旧侣不归成独酌，故园虽在有谁耕。悠然更起严滩恨，一宿东风蕙草生。

以前的寒食节，虽然不能回乡与家人团聚，至少还会有好友相伴。如今好友远行，没人陪自己月下畅饮，温庭筠只能一个人寂寞独酌。他想念家中的父母和妻儿，父母年老，儿子年幼，妻子体弱，不知家中的田地由谁来耕作。自己在外多年，家中的一切事务都帮不上忙，还要让家人为自己担心牵挂，自己却没有能力回报，想来真是觉得自己的人生过得有些失败。

寒食节和清明节都是令人伤感的季节，笼罩在这样伤感的情绪中，温庭筠不知不觉多饮了几杯，直到天色已近破晓，才在醉意中沉沉睡去。

不知睡了多久，被窗外婉转的鸟叫声吵醒，温庭筠睡眼蒙眬地看向窗外，一夜的东风吹生了蕙草，古人喜欢用蕙草比喻高尚的品德，温庭筠自认品德还算高尚，可是想到像自己这样高尚的人只能隐居在郊外，不禁心中生起了对朝廷的愤恨之情。

过了清明节，北方也渐渐迎来了阳春时节，温庭筠的前程依然没有任何进展。杏花仿佛不知人间愁滋味，依然如期盛放，霏霏春雨打在杏花上，激起阵阵芬芳。温庭筠素来爱花，看到这样的景致，心中也浮现出一抹久违的美好：

阳春曲

云母空窗晓烟薄，香昏龙气凝辉阁。霏霏雾雨杏花天，帘外春威著罗幕。

曲阑伏槛金麒麟，沙苑芳郊连翠茵。厩马何能啮芳草，路人不敢随流尘。

细雨靡靡，仿佛是天上起了一层薄雾，笼罩着杏花，仿佛一场杏花微雨，更加醉人。温庭筠居住的地方虽然不在城内，却别有一番迷人的景致。他就像是一匹还没能被发现的千里马，正养在普通的马厩中，只能啃噬乡间的野草，没有资格以芳草为食。

不过，温庭筠却始终没有放弃，只要有机会，他就会参加考试，渴望凭借出色的才华，得到伯乐的赏识。

春雨淅淅沥沥一直下到晚上，直到温庭筠睡着，窗外的雨依然没有停止。一觉醒来，终于艳阳高照，可是雨似乎下了一夜，因为窗外已经遍地落花，仿佛是春雨向花儿显示自己的威力。于是，刚刚睡醒的温庭筠，提笔就是一首新诗：

春日偶作

西园一曲艳阳歌，扰扰车尘负薜萝。
自欲放怀犹未得，不知经世竟如何。
夜闻猛雨判花尽，寒恋重衾觉梦多。
钓渚别来应更好，春风还为起微波。

阳春时节的艳阳高照，终于驱散了早春的料峭寒意。可惜的是，只要雨水停歇，阳光升起，尘土就开始肆虐。窗外的杏花已经被夜晚的狂风暴雨吹落，薜萝的叶子上很快就蒙上了一层薄薄的灰尘。

住在鄠杜的温庭筠，看似过着令人羡慕的隐居生活，他的居所也的确如同世外桃源般幽静，可是他的内心依然是矛盾的，既渴望让这样宁静的生活永远延续下去，又希望能入朝为官，有所作为。

这种矛盾的心情让温庭筠陷入了困顿之中，留在长安郊外隐居，还不如真的去深山野林中隐居，远离一切红尘俗世，放弃一切功名利禄，心中没有杂念，才能享受隐居的人生。

可是温庭筠做不到，他心中还有抱负，理想还未实现。昨夜在入眠时，他还依稀能感觉到春日夜晚的寒冷，不禁用被子紧紧地将自己裹住。在梦中，他梦到了富春山的春光，春风吹荡着一池春水，水面上泛起微微的波澜。

富春山是汉代隐士严子陵隐居垂钓的地方，他是东汉开国皇帝光武帝刘秀的同学，年少时就才华横溢，声名远扬。自从刘秀建立东汉政权，严子陵便隐居富春江畔，每日垂钓。刘秀想起这位旧日同窗的才华，派人四处寻找，找到之后却得知严子陵不愿入朝为官。刘秀亲自去拜访严子陵，严子陵索性躺在床上不肯起来，刘秀问他为何不愿帮助自己，严子陵只回答："人各有志，何必逼迫我呢？"

刘秀无奈，只得偶尔请他入宫"论道旧故"。到了建武十七年，刘秀再次请严子陵入朝为官，严子陵依然不接受。严子陵回到故里，直到八十岁才在家中死去。

虽然温庭筠居住的鄠杜是个幽静的地方，可是这里的不远处就是车马喧哗的长安城，此刻的温庭筠，分明是在归隐与繁华的夹缝中生存，也就让他陷在矛盾当中。山野的风光的确更好，但是放弃一切去过归隐的生活又何尝容易？

其实，悠闲安逸与喧哗热闹，都是温庭筠喜欢的生活。可惜"鱼与熊掌不可兼得"，如果一定要让他在两者之间做出一个选择，他宁愿选择走向仕途，因为那是他不曾得到过的生活，因为从未拥有，所以充满了诱惑力。

因此，尽管经历了无数次拜谒与科举的失败，温庭筠都不肯过归隐的生活。他一面对仕途并不死心，一面又忍耐着内心中的极度不平静。温暖的阳光晒在身上，竟然让他感到些许烦躁，喧哗的长安城，就像一座金子打造的牢笼，等待着他这只困兽义无反顾地投入其中。

没人能够否认温庭筠的才华，他需要的是一个机会，只要给他一个机会，他就能从这孤寂无望的生活中逃离出来，活出价值。

东篱·秋日郊居隐心事

等待的时光，从指缝中悄悄溜走。清淡如水的日子，不疾不徐地流淌。隐居在流年深处的人，心中却燃烧着一团火焰，当火焰燃得旺盛时，便蒸腾起一阵焦虑不安的心事。

温庭筠不知道自己等待的日子何时才是尽头，他曾经尝试过无数次努力，却每一次都无功而返。

他的一腔心事无人能懂，低声倾诉时，只有那一间隐藏在郊外的居所默默地倾听：

鄠杜郊居

槿篱芳援近樵家，垄麦青青一径斜。

寂寞游人寒食后，夜来风雨送梨花。

又是一个没有家人和好友陪伴的寒食节，已近阳春，地里的麦子已经长出了青青的麦苗。看着这样生机蓬勃的景象，温庭筠却感到一阵无法抑制的寂寞。无论在这里住多久，他都找不到像家乡那样的归属感，也许终其一生，自己不过是长安城中的一名游人而已。

每当想起心事，温庭筠总是很难入眠。春日的夜里，他躺在床上，脑中一刻都未平静。他想着自己那无法预知的未来，再算算自己的年纪，四十多岁的人，早已不再年轻，还有多少机会可供把握？就算把握住机会，又能奋斗多久？

种种心事，让温庭筠越想越精神。窗外传来了淅沥的雨声，春雨贵如油，农家人总是最喜欢春日的细雨，雨停之后，田地里的小苗就会更加旺盛地生长。可是温庭筠却有些害怕春雨，因为裹挟着春风的春雨总是能吹落刚刚绽放的梨花，遍地洁白的景象，只会让他觉得凄凉。

寂寞的时候，温庭筠会想念正在吴越一带游玩的卢处士。长安近郊的春景都这样美，江南的春日想必更是美不胜收吧。在那个只能用书信传递思念的年代，也只有诗词能表达温庭筠的情绪。对好友的想念，也能让他一颗孤寂的心暂时得到慰藉，索性给好友寄去一声问候，让他知道在遥远的京城，也有人在惦念他是否安好：

鄠郊别墅寄所知

持颐望平绿，万景集所思。南塘遇新雨，百草生容姿。

幽鸟不相识，美人如何期。徒然委摇荡，惆怅春风时。

从温庭筠在鄠杜的别墅向外望去，整个世界已经是一片新绿。他既思念远在江南的好友，也思念自己吴中的家乡。长安的春雨，看上去让人觉得伤感，这与江南的春雨截然不同。每到春雨靡靡的季节，整个江南便笼罩在一片水雾朦胧中，如同一片人间仙境。被春雨滋润的青草都仿佛比别处的青草更有生命力，绿油油的蓬勃姿态，真的能让人感受到新生命的美好。

好友卢处士在江南，算是个陌生人，那里的鸟儿看着他，都会觉得这是一副陌生的面孔。身居鄠杜的温庭筠又何尝不是呢？他似乎永远也无法融入长安的氛围，对于京城，他永远都是个外人。

他有些希望卢处士能早些回来，至少身边还有个能倾诉心事的人。可是不知卢处士的归期是何时，独自在鄠杜郊外等待的温庭筠感到有些伤感，不经意吹拂在身上的春风，都能激起他的惆怅。

时光从来不会听从人的挽留，依然按部就班地一路前行。岁月匆匆催人老，无论你多么渴望美好的光景能多停留一些，依然无法让两鬓生起的花发变回乌黑的模样。

春季与夏季就在温庭筠的等待中度过，转眼又是秋季，到了农家一年当中最欢乐的时节，因为这是一个收获的季节。

会昌六年（公元846年），长安郊外的农田迎来了一场大丰收。温庭筠虽算不上农人，但是他的周围都被丰收的喜悦气氛笼罩着。温庭筠不知不觉也被这份快乐的情绪感染，用一首诗，记录下了丰收的盛景：

会昌丙寅丰岁歌·杂言

丙寅岁，休牛马，

风吹如烟，日如渥赭。

九重天子调天下，春绿将年到西野。

西野翁，生儿童，门前好树青芊茸。

芊茸单衣麦田路，村南娶妇桃花红。

新姑车右及门柱，粉项韩凭双扇中。

喜气自能成岁丰，农祥尔物来争功。

丰收的季节过后，劳碌了一年的牛马也能歇一歇了。看着满囤的粮食，农人们唱起了欢快的民歌。轻快的曲调感染着温庭筠，让这一首诗也带有了些许民歌的意味。

这一年的好事一个接一个地到来，住在西野的老翁添了孙子，村子南边的人家娶了新媳妇。虽然这些好事都没有发生在温庭筠的身上，但是这浓浓的喜气让他也感到愉悦。

农人总是在农活结束的时候才会考虑嫁娶大事，刚好赶上丰收年，娶新媳妇的人家可谓是双喜临门。温庭筠也来到了婚礼的现场，看到新娘子蒙着大红的盖头，走出了喜轿，她的手上还拿着一把扇子，遮住了若隐若现的粉嫩脖颈。

新娘手中的扇子上画着一棵相思树，两只鸳鸯在树杈上交颈依偎。这其中暗含着一个典故，相传在战国年间，宋康王的舍人韩凭有一位貌美的妻子何氏。宋康王心生歹念，将何氏占为己有，又让韩凭白天站岗防敌寇，夜晚做苦工修青陵台。

何氏虽然被宋康王囚禁，心中却无时无刻不挂念韩凭。韩凭偷偷托人给何氏捎去一封信，上面写道："久雨不止，河大水深，太阳照见我的心。"其中的意思无人能懂，只有夫妻连心的何氏能够解读，意思是说韩凭心中愁思不止，夫妻二人长期不能往来，他已经决定不在世上苟活。

果然不久之后韩凭就自杀了，何氏也打算与韩凭一同殉情，她找借口与宋康王一同登上高台，从高台上跳下而死。她的衣带上写着遗书："王以我生为好，我以死去为好，希望把我的尸骨赐给韩凭，让我们两人合葬。"

可是宋康王却不肯成全二人，故意把他们埋在两座遥遥相望的坟墓里。没想到，一夜之间，两座坟头分别长出两棵大树，只十来天的光景，就长得一抱粗，两棵树的树根在地面下盘根交错，树杈朝着彼此的方向生长，终于合到了一起。

一雌一雄两只鸳鸯站在树枝上，早晚都不分开，交颈悲鸣，发出感人的凄惨叫声。于是，这两棵树便被人命名为"相思树"，有人说，这一对鸳鸯就是韩凭夫妇的灵魂变成的。

后来，人们便用相思树和相思鸟比喻美好的爱情，新人成婚，也总用相思树和相思鸟的图画讨个好彩头。

如此喜悦的气氛，让温庭筠居所周围的景致也变得动人了起来：

郊居秋日有怀一二知己

稻田凫雁满晴沙，钓渚归来一径斜。

门带果林招邑吏，井分蔬圃属邻家。

皋原寂历垂禾穗，桑竹参差映豆花。

自笑谩怀经济策，不将心事许烟霞。

温庭筠能从自己的居所望到远处一望无际的广阔稻田，野鸭在田间悠然自得地散步，时而低头啄一下发现的食物。满载而归的钓鱼人，正沿着一条斜斜的小路走向家的方向，温庭筠几乎能够猜到，那肥美的鲜鱼，就是渔夫一家人的晚餐。

茂密的果树林中已经结满了累累的果实，温庭筠周围的邻居都是农人，他们不仅在田间耕作，在自家的小园子里也种满了蔬菜和瓜果。真是一派人间烟火的景象，也只有这样的场景，才能让温庭筠感受到生活的一丝美好。

因为今年是个丰收年，原野上的禾穗全都沉甸甸地垂着头，不只禾苗和麦子丰收，桑竹与豆花也长得极好，原来田园风光也能如此美妙，有那么一个瞬间，温庭筠甚至想放弃经世济国的梦想，就归隐于这样一个美好的山林。

然而，刚刚嘲笑完自己的报国梦，温庭筠就再次回到了现实。田园风光虽好，终究不是他想要的生活，他生来就不是为了平凡而活，更不愿永远做个闲散之人。他希望自己能像诸葛亮一样，多年的隐居之后终于遇到一位贤主明君，能施展自己的才华，做自己想做的事情。

如今的生活虽然安逸，却似乎一眼就能望到头，对于胸怀大志的人来说，安逸的生活不是享受，反而是一种折磨。

玉簪·忆忘年之友

友情是一剂良药，能抚平心伤，滋润心灵。有一种朋友，能像白云一样挂在眼前，纯洁而又高尚，虽然云朵有时也会被风吹散，但用不了多久又会重新在眼前凝结成形，幻化成一抹永恒。

一次偶然的机会，温庭筠与家住杜城的李羽处士相识，古人称隐士为“处士”，李羽隐居郊外，如同闲云野鹤一般。这是温庭筠羡慕的生活，他更欣赏李羽身上的散淡之态，一经相识，便结成了忘年之交。

李羽大温庭筠许多，却从不显老态，最喜欢邀请众多贤士到家中畅饮。两人的家离得不远，有时候温庭筠闲来无事，便清早就到李羽处士家闲坐，到傍晚方还。

一个春日，温庭筠到李羽处士家中拜访，两人对坐下棋，温庭筠落于下风。李羽处士让温庭筠留下一首诗作，权当是输棋的惩罚：

春日访李十四处士

花深桥转水潺潺，甪里先生自闭关。看竹已知行处好，望云空得暂时闲。

谁言有策堪经世，自是无钱可买山。一局残棋千点雨，绿萍池上暮方还。

角里先生，就是李羽处士，他是一名有高雅情趣和高士风范的人，在乡间过着安逸的隐居生活。古人都用竹比君子，李羽处士的庭院中就栽种着一小片绿竹，而李羽处士本人，就像白云一般悠然自得。

虽然李羽处士隐居乡野，却身怀经世之才，只不过，他和温庭筠一样都是个怀才不遇之人，隐居的生活虽然安逸，手中却没有余钱。李羽处士最大的愿望就是买一处山，在山中隐居，可惜却拿不出买山之钱。

那一天，两人一直在池边下棋到日暮时分，眼看太阳即将落山，温庭筠才悠然地走回家。没过几日，温庭筠又收到了李羽处士送来的酒，那酒是李羽处士自己酿制而成，因为他生来好酒，所以对酒自有高深的品位，经他手酿制而成的美酒，别有一番甘甜与醇香。

喝着李羽处士自酿的美酒，温庭筠一时间不禁大发诗性：

李羽处士寄新酝走笔戏酬

高谈有伴还成薮，沉醉无期即是乡。已恨流莺欺谢客，更将浮蚁与刘郎。

檐前柳色分张绿，窗外花枝借助香。所恨玳筵红烛夜，草玄寥落近回塘。

温庭筠将这一首新诗送给李羽处士，权当是对他所赠美酒的酬谢。写诗之时，温庭筠已经有些微醺，他看着庭院中的柳树已经变绿，可今年却迟迟没有听到黄莺婉转的鸣叫之声，喝醉了酒的温庭筠有些怪罪黄莺欺骗自己，为什么不像往年一样如期而至？

不过，美景与美酒却是最般配的，檐前的绿柳倒映在清亮的酒水当中，仿佛为酒水镀上了一层鲜绿的色彩，因为这酒是李羽处士亲手所酿，捧在怀中，可以闻到蒸腾出的阵阵酒香，清风徐来，庭院中的花香与酒香糅合在一处，真是酒不醉人人自醉。

喝着李羽处士亲手酿的美酒，温庭筠又为李羽处士的境遇而唏嘘感叹。像他这样才华横溢的人，本应该受到重用，那些富贵人家都在红烛之下享受玳筵，李羽处士却寥落地在曲池边的乡居里自处。温庭筠赞叹李羽处士是一位真正的高士，因此才觉得他的怀才不遇比自己更加可悲可叹。

因为欣赏，才愿意多加走动，李羽处士成为温庭筠闲居鄠杜时期的最大安慰，两颗彼此互相理解的心，才能给予彼此更多的慰藉。

温庭筠是个重情重义之人，只要是被他认可的友情，便会尽全力维系到底。李羽处士的居所成为了温庭筠最常出入的地方，比起自己的住所，温庭筠更喜欢李羽处士的幽居，还曾专门为他的幽居写下诗篇：

题李处士幽居

水玉簪头白角巾，瑶琴寂历拂轻尘。
浓阴似帐红薇晚，细雨如烟碧草春。
隔竹见笼疑有鹤，卷帘看画静无人。
南山自是忘年友，谷口徒称郑子真。

温庭筠仿佛用文字为李羽处士临摹了一幅画像，“画”中的李羽处士穿戴着他最平常的装束：一根水玉做成的簪子牢牢地将头发在头顶插成一个发髻，再用白色的头巾将发髻包覆住。洁白的头巾一尘不染，就像李羽处士的灵魂一般纯净脱俗。

此刻他正静坐弹琴，琴音听上去有些寂寞清冷，袅袅琴音却有强劲的力量，惊动了梁上的灰尘。浓密的树木在阳光下投下浓浓的树荫，仿佛为李羽处士的周身遮挡上了一层厚厚的帷帐，院落中的一角，开满了大红色的蔷薇，虽然太阳当头，天空中却落着不易被察觉的雨丝，笼罩在春日的绿草上面，只像是一层薄薄的烟雾。

温庭筠最爱李羽处士庭院中那一片绿竹，虽然这里已经来了许多次，可是每一次来都能有全新的发现。这一次，温庭筠透过细细的竹林缝隙，隐约看到了仙鹤的身影，原来这是李羽处士新养的仙鹤，古时的隐士都欣赏仙鹤的品性，因此人们才将散淡之人称作闲云野鹤。

这周围的环境是那样静谧，静得仿佛无人居住。如此美好的场景就像一幅画，温庭筠多希望有善于绘画之人将这一刻凝固在画卷上。

温庭筠已经年过四十，李羽处士早已经步入老年。温庭筠希望李羽处士能寿比南山，像西汉末年隐居谷口的隐士郑子真一样受人敬仰与称颂。

一首简短的诗篇，就能看出李羽处士日常生活的趣味，他与世无争，清心寡欲，温庭筠希望自己能做到像他那样，却偏偏又放不下自己的梦想，这让他感到纠结，只有在李羽处士的旁边，听着他舒缓的琴音，温庭筠才能感觉自己的心找到了片刻的宁静。

除了李羽处士，温庭筠与同时期的著名诗人李商隐也是至交好友。不过，李商隐已经在朝中为官，两人友情虽深，却不能像与李羽处士那样时常相见。

温庭筠曾经为李商隐写过一首赠诗，那时的温庭筠已经过了知天命之年，他与李商隐的交往并不算频繁，却真心地将他当成了自己的兄弟。

那是大中六年（公元852年）的深秋，李商隐时任东川柳仲郢幕僚，温庭筠住在距离鄠杜不远的渭城中的一间旅社里，因为思念好友，所以写下了这样的诗篇：

秋日旅社寄义山李侍御

一水悠悠隔渭城，渭城风物近柴荆。寒蛩乍响催机杼，旅雁初来忆弟兄。

自为林泉牵晓梦，不关砧杵报秋声。子虚何处堪消渴，试向文园问长卿。

深秋时分，温庭筠独自住在渭城的一间旅社当中。寒蛩响而催机杼，因为看到旅雁，想起了身在远方的兄弟。那时的李商隐因为得了消渴之症，正卧病在床，这一首诗，也是温庭筠对病中的李商隐的慰问之语。

温庭筠也在诗中告诉李商隐，自己独居在外多年，如今有些想家，不过，他也想在兄弟面前维系自己的一丝尊严，特意强调是因为看到郊外别墅的风景之美，才动了思乡之心，并不是因为深秋带来了愁绪，所以才思念妻儿。

写下这首诗时，已经是多年以后，将时间的车轮倒回当下，依然是春季，温庭筠听说卢处士已经云游归来，他大喜过望，赶忙来到他的山居拜访，不过卢处士并不在家，温庭筠扑了空，索性就在这里等待，可是一直等到日暮时分，卢处士依然没有回来，无奈，温庭筠只好留下一首诗，告诉卢处士自己来过：

题卢处士山居

西溪问樵客，遥识楚人家。古树老连石，急泉清露沙。
千峰随雨暗，一径入云斜。日暮飞鸦集，满山荞麦花。

与卢处士认识许久，温庭筠还是第一次来到他的山居。他只知道一个大概的方向，一路走，一路打听，终于从一名樵夫口中得到了卢处士山居的准确方向，远远地朝着那个方向走去。

沿途的景致异常清幽雅致，温庭筠看到古树的老根紧紧缠绕着石头，仿佛生来就是这样生长的，山中有清澈的泉水，水流有些湍急，反而将水面的浮土和树叶都冲走，只留下最纯净的泉水，清澈地露出泉地的沙子。

走着走着，天色有些阴暗了下来，下起了蒙蒙的细雨，山路有些蜿蜒，下雨湿滑之后有些不太好走，路也不像刚才看得那样清楚，不过，卢处士的山居已经出现在了视线范围当中，被一层雨雾笼罩着，矗立在曲曲弯弯的山路尽头。

一直等到傍晚，温庭筠也没有和卢处士见面，眼看晚归的乌鸦也飞回巢穴休息，漫山遍野的荞麦花在夕阳的照耀下显得更加洁白，温庭筠只好沿着原路返回。他们的友情来日方长，他相信，卢处士看到自己留下的诗句，一定会来看望自己。

温庭筠和卢处士的友情还有一段遥远的路可以同行，可是他和李羽处士的友情却无法延续，因为李羽处士年迈，生命在不知不觉中走向了终点，这对温庭筠来说简直是晴天霹雳。

怀旧·想昔年叹浮生

心碎之后，谁能赐你一曲忧歌？怀想昔年，谁能赠你一段欢乐？浮生可叹，有很多相遇，也有很多失去，都说情伤难疗，一段友情逝去的伤，同样会在心底留下深深的疤痕。

李羽处士的死，是对温庭筠的一次重大打击，从此以后，李羽处士的故居，成为了温庭筠的伤心地，哪怕无意中从这里路过，温庭筠的内心深处都有一种不知名的情绪在翻搅着，让他感到阵阵心疼。

那一日，温庭筠又从李羽处士的故居门前路过，当年，温庭筠最喜欢李羽处士的庭院，那里有青翠的绿竹，鲜红的蔷薇，还有仙风道骨的仙鹤在庭院中信步徜徉。自从李羽处士死去，这里已经再也没有人打理，远远望去，一片荒凉。这不禁又触动了温庭筠的愁肠：

经李徵君故居

露浓烟重草萋萋，树映阑干柳拂堤。
一院落花无客醉，五更残月有莺啼。
芳筵想像情难尽，故榭荒凉路已迷。
愁肠羸骖往来惯，每经门巷亦长嘶。

温庭筠还是忍不住走到李羽处士的故居近前，想要追忆两人一同在庭院中度过的美好时光。然而映入眼帘的，却是低垂着头的草木，仿佛是在为李羽处士哀悼，因他的死去而悲伤。

这注定是一次悲伤的重逢，五更时分，天刚刚放亮，一轮残月还恋恋不舍地在天空中逗留，这正是一天之中最让人感到凄冷的时候。庭院中的花朵曾如期开过，如今已经满地落花，却无人打扫，李羽处士曾经居住的地方变成了一座荒凉的台榭，来到这里，仿佛进入了一座荒凉的坟墓。

这里曾经是温庭筠再熟悉不过的地方，他曾经看到的一切，却又不是如今的模样。这更让他的悲伤难以自抑。李羽处士最爱饮酒，当初，他就坐在落花时节的庭院里纵情畅饮，喝得醉眼朦胧之时，依然不改隐士的风范。如今，落花犹在，人却再也无处找寻。

因为曾经来过太多次，温庭筠那匹羸弱的老马也已经识途，它记得这里曾经的美好，如今看到这般荒凉的景象，也不禁为之伤情。只要从李羽处士故居的门前经过，老马都会发出悲伤的嘶鸣。

老马都如此有情，人与人之间的感情就更是无法被轻易忘却。李羽处士的音容笑貌深深地刻在了温庭筠的脑海里，每一次想起，都难免一阵心伤，心伤之后，必会留下一首诗篇聊表祭奠：

李羽处士故里

柳不成丝草带烟，海槎东去鹤归天。愁肠断处春何限，病眼开时月正圆。

花若有情还怅望，水应无事莫潺湲。终知此恨销难尽，辜负南华第一篇。

明明是一个草木复苏的春日，可是温庭筠又在此刻想到了李羽处士的死。这又牵动起他的愁肠，眼前的柳树也不似从前般婉约缠绵，青草也不似从前般翠绿可爱。

李羽处士病重时，温庭筠曾经在他的病床前陪伴。那时已近月中，天上挂着一轮圆月。虚弱的李羽处士吃力地睁开了眼，断断续续地与温庭筠进行了最后一番交谈。没有人知道那个夜里他们谈了什么，也许李羽处士是在叮嘱温庭筠，不要因为耿直而伤害到自己，如果不能真的做到隐居，就要学会适当地圆滑处世。

如果李羽处士真的叮嘱了这些，那么温庭筠定是辜负了他的期望，因为终其一生，温庭筠都没能变成一个圆滑世故的人，依然我行我素地做自己。

李羽处士死去带来的伤痛，想必是永远都不能恢复了。就连落花和流水都尚且有情，何况温庭筠还是个重情重义的人。

对李羽处士的思念，一直延续了多年都未消逝，多年以后，温庭筠已经不在鄠杜长住，偶然经过，还是依然会留下伤感的诗篇：

宿城南亡友别墅

水流花落叹浮生，又伴游人宿杜城。
还似昔年残梦里，透帘斜月独闻莺。

写下这首诗时，温庭筠正陪伴另一位朋友在杜城游览。杜城并不是一个太大的地方，轻易就能走到李羽处士的故居。

在鄠杜郊外隐居的这段日子里，是李羽处士陪伴温庭筠度过了许多难熬的时光，他的人生困惑，在李羽处士这里都能得到解答，温庭筠从他的身上学到了太多东西，因此，李羽处士的死，让温庭筠觉得自己失去了一件如同稀世珍宝般的东西。

往日之情历历在目，温庭筠和李羽处士曾经一同望着落花流水，感叹浮生若梦。自然之景总是频繁变化，不过这变化总有规律，春去还会回来，花落还会再开，可人世间的变化却毫无规律可循，只听说过人死，却从没听过还能复生。

如今，落花流水依然在，那个陪自己感叹浮生的人却再也不能回来。无数次梦中，温庭筠还能和李羽处士谈天说地，可是只要从梦中醒来，那种空虚远远超越了梦中体会到的美好。每当此时，温庭筠最怕听到的就是黄莺的啼叫，因为那代表着天色已明，而梦，马上就要醒来。

人一旦经历生死，就会发现人生真的无常，不久之前，温庭筠还在诗中祝福李羽处士“寿比南山”，没承想这么快就天人两隔。再想想自己，四十多岁的年纪，依然如同无根的浮萍在外漂泊，不知何时才是尽头，不知明天又去往何方。如今，满腹心事再也没有李羽处士那样的人来化解，有谁能帮他一起承载心头的孤独与寂寞？

温庭筠是个喜欢交友的人，他的朋友遍布各个层次，各个行业，高到原来的庄恪太子李永，低到宫女歌伎，无论是达官贵人，文人雅士，还是无名百姓，都可以成为温庭筠的朋友，可是能像李羽处士这样交心的朋友，却屈指可数。

朋友无须太多，只要有一两个能够交心的就好。因为少，所以珍贵，这样的朋友，也更值得温庭筠去珍视。

李羽处士在鄠杜的住所，本是他的别业，这一次，温庭筠特意登上了东楼，想要好好地凭吊一番已故的忘年友人：

登李羽处士东楼

经客有馀音，他年终故林。高楼本危睇，凉月更伤心。

此意竟难折，伊人成古今。流尘其可欲，非复懒鸣琴。

李羽处士生前是个颇通音律之人，温庭筠至今难忘他坐在庭院中悠然抚琴的身影。从他指尖流淌出来的琴音，绕梁三日而不绝于耳，如今余音仿佛还在耳畔环绕，可真正的琴声却永远无处听闻。

古人登高楼会忧危，登一座人去楼空的高楼便更觉伤心。尤其是站在高楼顶上，看着天上一轮凉月，仿佛伸手触碰，就能感受到月光的冰冷。其实，冰冷的哪里是月光，分明是一颗思念好友的心。

千古之人，早已诀别，温庭筠却无论如何也割舍不断对这段友情的怀念。古时的戴颙从父亲戴逵那里学会出众的琴艺，自从父亲去世，戴颙却再也不忍弹奏父亲传授的乐曲，因为只要听到那熟悉的音律，就会难掩悲痛。

温庭筠也是如此，当年李羽处士为自己弹奏的乐曲，他已不忍心听闻，甚至都不愿再去碰琴一下，并不是他懒得弹琴，而是这琴声中有太多的悲伤。

温庭筠的人生中，似乎总是充满了桩桩件件的伤心事。一段美好的友情戛然而止，苦苦追求的仕途却依然没有找到捷径。他能想到的唯一办法就是通过科举入朝为官，然而这注定是一条异常漫长而又坎坷的道路。

第六章

一生失意，仕梦难寻

求仕·朱门庭树，何日相容

年华总是随着岁月一同老去，凉了曾经发生的故事，老了曾经年轻的心境。人世间的生离死别，在茫茫天地间不过渺如尘埃，聚散离合，爱恨情仇，似乎唯有经历其中的人才会看重。

因为一连两年丧失了参加科举的资格，温庭筠也曾想过用别的方式为自己谋求前程，从吴中故乡回到长安的途中，他就曾去湖南拜谒，最终失望而还。不过，温庭筠并未死心，他又写去诗篇给翰林院萧舍人，希望能投到他的门下，哪怕做一名幕僚也好：

投翰林萧舍人

人间鹓鹭杳难从，独恨金扉直九重。万象晚归仁寿镜，百花春隔景阳钟。

紫薇芒动词初出，红烛香残诰未封。每过朱门爱庭树，一枝何日许相容。

能写出这样的诗词，证明温庭筠已经放低了全部的姿态，他向萧舍人表露自己怀才不遇的含恨心情，直到四十几岁的年纪，在朝中还没有一官半职，每次路过官宦人家的庭院，他都在门前流连徘徊许久，官宦人家大多有许多才学之士充当幕僚，他们就像百花一样开在富贵庭院里，而温庭筠自己就像无根的树枝，不知何时才会被这样的庭院相容。

可惜，温庭筠的一番恳切之词并没有打动萧舍人，因为温庭筠虽然没能入朝为官，可是他的大名却早已被京城中人所熟知。

在人们的心目中，温庭筠有着浪荡的个性，不修边幅，永远都在嘲弄着岁月，尤其是他沉湎声色的行为，更让人觉得他不是个检点之人，不仅终日流连于风月场所，写一些侧艳之词，还喜欢结交纨绔子弟，不是饮酒就是赌博，终日都酣醉不醒。

其实，人们对温庭筠的了解有些片面，他的确浪荡不羁，喜欢流连风月场所，却并不能证明这是一个坏透了的人。这其中有他多年参加科举而不中的愤懑，似乎只有沉湎于声色之中，才能找到些许快乐。

虽然渴望入朝为官，但是科考在温庭筠的心目中还算不上头等大事。在科举考场上，凭借着出众的才华，温庭筠总是很快就能答完试卷，八叉手便能做出八韵，因此也得到"温八叉"的别号。

每次答完试题，看着其他皱着眉头冥思苦想的考生，温庭筠似乎还有些于心不忍，于是就趁着考官不注意，偷偷地帮邻座的考生答题。一场考试下来，得到温庭筠"帮助"的考生大有人在，即便温庭筠自己没能考取功名，却也得了个"救数人"的绰号。

与京城中的富贵子弟相聚宴饮，是温庭筠生活中的常态，经常与温庭筠混在一起的富家子弟，除了晋国公裴度的侄子，还有当朝相国令狐绹的公子令狐滈。这两位都是京城中出了名的纨绔子弟，长期与他们混在一起，温庭筠的名声自然也不会太好。

不过，通过令狐滈，温庭筠也结识了相国令狐绹。当时，唐武宗已经驾崩，继任的皇帝唐宣宗十分喜欢吟唱《菩萨蛮》，令狐绹知道温庭筠的才华，就借儿子与温庭筠交好之便，请他代为填词：

菩萨蛮·玉楼明月长相忆

玉楼明月长相忆，柳丝袅娜春无力，门外草萋萋，送君闻马嘶。

画罗金翡翠，香烛销成泪，花落子规啼，绿窗残梦迷。

填词并不是件容易的事情，既要充满韵味，又要朗朗上口，别人填词都煞费苦心，冥思苦想，温庭筠却轻易就描绘了一个梦境。

词中的主人公，并不是温庭筠自己，也许这个人根本就没有具体的指代，唯独从词中隐约的情愫，可以看出这是一名女子。她轻轻倚靠着白玉楼，望着天上的一轮明月，在月光之下陷入回忆。月光是那样皎洁，将夜晚照耀得如同白昼，楼外的柳丝在夜晚的风中低垂摇曳，春日已经走到尽头，春风似乎也有些无力。

门外芳草萋萋，她想起当初送君离去时，马儿发出留恋的嘶鸣。想到此处，她不禁抬头看着闺房中的罗帐，上面绣着金色的翡翠鸟，鸟儿在摇曳的烛光下仿佛也动了起来。女子低头看向烛台，蜡烛已经化为滴滴眼泪，春天早开的花朵也早已凋谢，杜鹃鸟在落花中发出阵阵啼叫，而身在窗内的女子，却被泪水迷蒙了双眼，哀伤地等待离人早日归来。

这是一个悲伤的梦，却让唐宣宗读过之后大喜过望，温庭筠笔下的凄美场景如同梦境般不真实，可是那清丽的辞藻却让吟唱之人觉得意味深远，仿佛喝了一口香醇的美酒，过了许久，齿间还留有那酒的醇香与回甘。

为了取悦皇帝，温庭筠一口气创作了十四首《菩萨蛮》，借由令狐绹的手进献给唐宣宗。唐宣宗对这十四首词作赞叹不止，令狐绹竟然说这些词都是自己所写，还叮嘱温庭筠不要对外声张。

这哪里符合温庭筠的个性，他怎能看自己的成果被令狐绹一人霸占？从此以后，温庭筠逢人就会说那十四首《菩萨蛮》是自己所写，这让令狐绹十分恼怒，原本还比较欣赏温庭筠的才华，如今也对他渐渐疏远了起来。温庭筠没有想到，得罪了当朝相国，也为他的仕途之路埋下了隐患。

每一次参加科举，主考官都对温庭筠的才华称赞不已，就连唐宣宗读过温庭筠的文章，都青眼有加。可是令狐绹却在皇帝面前建议，温庭筠“有才无行，不宜予第”。

听到令狐绹对温庭筠的评价，唐宣宗并没有马上相信，他想要亲自会一会这位浪荡不羁的才子，于是便微服出访，来到了温庭筠所在的旅社。温庭筠不知道皇帝的相貌，却知道自己在京城中的名气。面对前来拜访自己的唐宣宗，温庭筠反而一副高高在上的姿态。

他问唐宣宗在朝中担任什么官职，是司马还是长史，看到温庭筠傲慢的态度，从没有被人这样对待过的唐宣宗有些不满，他懒得回答温庭筠的问题，只淡淡地说了一句“不是”。温庭筠听说他连司马或长史都不是，便更加不羁，直言不讳地说：“我看你充其量不过是个主簿、县尉之类的跑腿者而已。”

唐宣宗不好当面表示自己的不快，匆匆结束了这次谈话，打道回宫。他相信了令狐绹的话，认为温庭筠果然是一个“有才无行”的人。

不过，回宫之后，唐宣宗又拿起了温庭筠创作的十四首《菩萨蛮》，细细品读着词中的内容：

菩萨蛮·蕊黄无限当山额

蕊黄无限当山额，宿妆隐笑纱窗隔。相见牡丹时，暂来还别离。
翠钗金作股，钗上蝶双舞。心事竟谁知，月明花满枝。

词中描绘的是一名女子，额头上有点点蕊黄，那是昨日的妆容还未曾卸下。隔着朦胧的纱窗，能看到她正在隐隐地浅笑，不知道她的脑海中浮现出怎样美好的场景。

但凡在女子的脸上看到这样的神情，便知道她一定是想起了心上人。在那个牡丹花开的季节，他们第一次邂逅，可是时间匆匆，两人刚刚相识，情愫刚刚升起，就不得不匆匆分别。

女子的头上有翡翠镶嵌的金钗，上面还镶嵌着一对翩翩起舞的蝴蝶。对镜梳妆时，那成双成对的蝴蝶勾起了女子的伤感，为什么蝴蝶都可以成双，自己却只能在皎洁的月光下对着满枝的花朵体会孤独，究竟这种孤独之情，有谁能理解？

女子因相思而萌生的悲伤，竟然被温庭筠写出了慵懒的美，虽然温庭筠是个其貌不扬的男子，可是却仿佛能走入女子的内心深处，捕捉住女子心中最敏感的情丝。

温庭筠的才华依然让唐宣宗欣赏，他只看到了温庭筠浪荡不羁的一面，却从不知道他的内心也隐藏着怀才不遇的伤感。

对朝廷，温庭筠有些淡淡的恨意，恨自己没有得到朝廷重用，而那个高高坐在万人之上的皇帝，就像是女子心中的负心汉，温庭筠不知如何才能让皇上感受到自己的才华和心意。

其实，透过温庭筠细腻的文字，唐宣宗对他依然还保留着一丝好感，也想过要为他提供一个机会，可惜，在这个机会摆在面前的时候，看似玩世不恭的温庭筠并没有牢牢抓住。

陈情·双双鹧鸪，无声留白

如果生命可以任意选择，不知将会呈现怎样一番情景，青春都是荒唐的，可有些人宁愿一生都维持着青春的心境，也不愿学得世故与所谓的成熟。

大中七年（公元853年），又是一年科考年，科考之前，唐宣宗在宫中举行宴饮，温庭筠有幸受邀来到皇宫。他并未感到丝毫兴奋与激动，因为他知道凭自己的才华，早晚有一天会成为朝中的一名官员，尽管他如今已经年老，却依然觉得自己如同十几岁的少年一般朝气蓬勃。

在这一次的宫廷宴饮中，在座的都是朝中要员，以及受到唐宣宗欣赏的文人雅士，相国令狐绹自然位列其中，在众目睽睽之下，温庭筠又让令狐绹狠狠地丢了一次面子。

酒到正酣，唐宣宗诗性大发，主动牵头吟诗对句，吟到一句带有“金步摇”三个字，忽然语塞，不知下一句该如何接。

在座不乏进士出身之人，唐宣宗派人找进士们一一对句，竟没有一个人想出一句妙句来接应。就在此时，温庭筠带着轻蔑的神情，脱口而出“玉条脱”三个字。唐宣宗听罢大喜，马上赏赐给温庭筠许多值钱的东西。

身为相国的令狐绹本就十分好学，又不愿在皇帝面前显示出自己与温庭筠有过节，于是用谦逊的语气，和颜悦色地问温庭筠，“玉条脱”是出自哪部典籍。

听到令狐绹这样问，温庭筠脸上的神色更加不屑，他告诉令狐绹，“玉条脱”出自《南华经》，也就是《庄子》。说罢，还故意“语重心长”地对令狐绹说，《庄子》是读书人最寻常的读物，身为相国竟然不知道，在日理万机之余，也应该多读一些书了，以免被人嘲笑“不学无术”。

一番话说得令狐绹脸上一阵红一阵白，身为相国，不好对一介布衣出言反驳，可是不说话又等于默认自己不学无术，令狐绹将对温庭筠的恨意默默地记在了心里，总有一天，温庭筠会落到他的手上。

温庭筠丝毫没有在乎令狐绹难看的脸色，他不仅当面讽刺令狐绹，在背后也逢人就说令狐绹是“中书堂内坐将军”，分明是说令狐绹是个莽夫，不配坐在相国的位置上。可是温庭筠从没有为自己的言行感到懊悔，甚至还专门用一首诗来表达自己宁为玉碎，不为瓦全：

杏花

红花初绽雪花繁，重叠高低满小园。正见盛时犹怅望，岂堪开处已缤翻。

情为世累诗千首，醉是吾乡酒一樽。杳杳艳歌春日午，出墙何处隔朱门。

何等洒脱的一番自白，再多伤感，不过一首诗就能化解，再难过时，一壶美酒，也能醉了愁肠。在温庭筠那里，没有什么是诗和酒解决不了的事情，就算开在朱门庭院里的杏花，一旦开出墙来，哪里还有身在朱门的半点优越感？

温庭筠不仅对令狐绹的相国之位没有半点敬畏之心，就连皇帝唐宣宗，在他的笔下也能沦为笑谈：

晓仙谣

玉妃唤月归海宫，月色澹白涵春空。银河欲转星靥靥，碧浪叠山埋早红。

宫花有露如新泪，小苑丛丛入寒翠。绮阁空传唱漏声，网轩未辨凌云字。

遥遥珠帐连湘烟，鹤扇如霜金骨仙。碧萧曲尽彩霞动，下视九州皆悄然。

秦王女骑红尾凤，半空回首晨鸡弄。雾盖狂尘亿兆家，世人犹作牵情梦。

看似写得极美的一首游仙诗，其中的深意却耐人寻味。皎洁的月亮如同孩子般顽皮，从家中逃了出来，在天空中玩得忘乎所以。夜深时分，玉妃姐姐呼唤月亮回到海宫，就在她们即将离开之时，海面上掀起了如同山峦叠嶂般的碧色海浪。

海宫就在海底，那里是月亮的家，那里的花儿正红，花瓣上闪烁着珍珠般的露珠，如同少女刚刚哭过还来不及拭去的泪水。女子善变，少女的悲喜更是轻易就能转换，脸上的泪珠未干，就已经破涕为笑，异常娇美。

海宫的小苑里有一丛丛青翠的树木，在海水和月光的映衬下，闪耀着寒冷的光。海宫中的种种景致，在温庭筠的笔下都描绘得异常清晰，就连更漏声仿佛都清晰可闻。不知道海中的鱼儿会不会向人间的鸟儿一样无拘无束，哪怕是飞入皇宫也无人能够阻拦。

海宫的轩堂里不知为何挂上了护鸟的珠网，只是月色朦胧，温庭筠看不清轩堂的名字，只能看清轩堂内的淡蓝色珠帐，仿佛与湘水的烟波融合在了一起。

玉妃的手上拿着白鹤羽毛制成的扇子，她的周身被金色的霞光笼罩着，就像当年秦王的女儿弄玉吹着洞箫骑凤归天的场景。

可望而不可即的仙境，在温庭筠的笔下并不神圣，他从不向往成仙，对仙人反而有诸多鄙视。唐朝的历代皇帝，都奢望通过炼丹修道来长生不老，温庭筠分明就是在借诗讽刺皇帝的痴心妄想。

温庭筠的种种不羁，已经被令狐绹和唐宣宗深深地记在了心里，那一年的科考中，无论主考官对温庭筠的才华如何欣赏，可在令狐绹那句“有才无行”的无形压力之下，谁也不敢将温庭筠的名字列入进士的行列。

温庭筠就这样又错过了一次通过科举走上仕途的机会，他已经五十几岁，在古时，这个年纪已经是一名老者，与他同龄的人，大多儿孙满堂，退居乡里，享受弄孙之乐，唯有温庭筠还心有不甘地为自己的前途进行一次又一次的努力。

一次次科举失败，温庭筠并非不灰心，他的心中也时常充满了无力感，这份无力感，在他为唐宣宗创作的《菩萨蛮》中也曾有体现：

菩萨蛮·小山重叠金明灭

小山重叠金明灭，鬓云欲度香腮雪。懒起画蛾眉，弄妆梳洗迟。

照花前后镜，花面交相映。新帖绣罗襦，双双金鹧鸪。

词中的主人公并不是温庭筠本人，而是一名眉头紧蹙的女子。她头上的额黄眼看就要脱落了，在清晨的阳光下发出忽明忽暗的光泽。

女子的发髻蓬松得如同云彩，有几绺头发已经从发髻中散落，遮在她如同雪一般白皙的脸颊旁边，也遮得她的容貌让人看不清晰。女子显然是刚刚从睡梦中醒来，正打算起床，自然也尚未梳洗。

还没有完全从睡梦中清醒过来的女子，整个人看上去懒洋洋的，对镜画蛾眉的动作都是那样缓慢，仿佛梳洗打扮这件事根本就不会让她兴奋起来。

但凡女子，都十分在意自己的容貌，尤其是像她这样的闺阁女子，虽然轻易不会见人，但必定时刻都呈现出最美的姿态，可见女子一定有什么心事。

懒懒地画过蛾眉之后，女子又在头上簪了一朵清晨盛放的鲜花，直到这一刻，女子才显得对自己的容颜有些在意，拿着镜子前后左右仔细照了一番。那是一张如同花朵般娇艳的容颜，与头上的鲜花相比丝毫不逊色。女子仿佛因为自己美丽的容颜振奋了一下，这才打开衣柜，精挑细选出一件新绣的罗衣。

女子似乎十分喜欢这件罗衣，爱不释手地欣赏了一番，眼中忽然又流露出忧伤的神色。那罗衣上绣着一双金鹧鸪，女子为之触动愁肠，鹧鸪都成双成对，自己却依然形单影只。

温庭筠的笔触写到此刻便戛然而止，徒留无限情愫给世人去猜测，如此这般，才更能意犹未尽。

清晨的光景并未因为女子的闺中愁情而减少丝毫的温暖，其实女子并没有太多伤心事，只是一时看到成双成对的鹧鸪，憧憬起那段属于自己的爱情，不知何时才能到来。

少女情怀总是愁，其实这份愁，原本来自温庭筠的内心。

多年科举不第，怎能让温庭筠不伤心？他空有一腔经世济国的梦想，却一次又一次在金榜揭晓之时沦为泡影，他的忧愁与愤懑只能化作诗词，那个忧伤的女子，其实就是温庭筠的化身。

温庭筠是一名喜欢张扬个性的才子，可在当时，有个性并不一定能得到认可。在人人都忙着隐藏锋芒的年代，有张扬的个性就像一把双刃剑，一不小心就会割伤自己。

作为一名才子，温庭筠经历了太多坎坷，也许他命中注定就是一个普通人，可他的满腔才华又让他注定成为普通人中最不普通的那一个。

漫游·青琐芳菲，玉关信稀

有些东西，既然注定已经无法拥有，便要懂得放弃。即便它永远留在脑海，不经意便会忆起，也只能用沉默，无奈地将它安放在心底。

这已经是温庭筠参加的第三次科考，依然无功而返。他既失落，又愤懑，痛恨这个不懂得任用贤人的世道，却也只能在抱怨之后无奈地离去。

伤心之时，温庭筠再一次选择了离开长安，这一次，他来到了河中府。河中府位于黄河中游，因而得名，具体位置就在如今的山西省永济市蒲州镇。温庭筠打算去那里投奔时任河中节度使的徐商，他们二人素有往来，徐商对温庭筠的才华十分欣赏。

传说徐商在年轻时是一名隐士，隐居在中条山，因为参加科举高中进士而入朝为官。到了唐宣宗执政的大中年间，已经官至尚书左丞。唐宣宗曾派徐商任巡边使，完成了唐宣宗交付的使命，徐商便被派到河中府，担任河中节度使。

大中八年（公元854年），温庭筠来到河中一带，徐商对温庭筠十分热情，不仅盛情款待，还让他留下来，时常与自己外出同游，畅谈诗词。

一次，徐商让温庭筠陪自己游河亭，暮春时分的景色正好，看着河岸两边花红柳绿，温庭筠不禁大发诗性：

河中陪帅游亭

倚阑愁立独徘徊，欲赋惭非宋玉才。满座山光摇剑戟，绕城波色动楼台。

鸟飞天外斜阳尽，人过桥心倒影来。添得五湖多少恨，柳花飘荡似寒梅。

大好的春色并没有让温庭筠忘记忧愁，徐商看出了温庭筠的心事，为了让他暂时摆脱愁绪，纵情享受暮春美景，便提议让他作诗一首。

温庭筠带着满面愁容倚靠在河边的栏杆旁，徘徊了几次，一时间却找不出恰当的字句。他一直认为自己才华横溢，在此刻却自叹没有宋玉那样的才华。当年宋玉不被楚王重用，伤心之余写下一首《九辩》，开创了男子悲秋的先河。

在温庭筠的眼中，周围的群山仿佛化成了剑戟，随时可能刺向自己。原来人在伤心之时，再美的景色看在眼里也是伤感的，唯有水波的一腔柔情不变，绕着楼台缓缓流淌，暂时抚平了温庭筠的心绪。

他抬头望向天空，已是黄昏时分，归巢的鸟儿朝着夕阳的方向飞行。温庭筠已经不知道自己在桥上来回走了几趟，走到桥心，忽然发现水面上自己的倒影清晰可见。暮春时分的气候已经十分温暖，可因为心寒，温庭筠感到周身都是寒意，随风飘荡的柳絮，都如同寒梅一般凛冽。

看着温庭筠的样子，徐商也不知道该怎么安慰他，只能尽量多带他外出走动，希望大好的湖光山色，可以让他变得快乐起来。

能有徐商这样善解人意的好友，应该是温庭筠的一大幸事。那一日，徐商又带温庭筠来到了河中紫极宫，唐代崇尚道教，大多文人在仕途失意之时都会想到访道求仙，在山中过起隐居的生活。紫极宫就是一处道观，长安城内也有一座紫极宫，当年李白曾在长安紫极宫偶遇贺知章，李白潇洒出尘的风度与瑰丽的辞藻也让贺知章十分欣赏，问他是不是太白金星下凡到了人间，李白从此也有了“谪仙人”的雅号。

想起李白，温庭筠也就想到了自己。当年李白也曾无数次拜谒朝中权贵，终究还是没能在朝中获得一个实职，虽然有了一个“待诏翰林”的头衔，也不过只沦为唐玄宗用于附庸风雅、吟诗取乐的玩伴而已。

可是温庭筠却连陪伴在皇帝身边的机会都不曾获得，想到此处，他有感而发：

题河中紫极宫

昔年曾伴玉真游，每到仙宫即是秋。
曼倩不归花落尽，满丛烟露月当楼。

这其中有一个典故，当年李白为了入朝为官，便想到了拜谒唐玄宗的妹妹玉真公主。听说玉真公主在终南山玉真别馆，李白便特意前往求见。可惜他蒙受了小人的欺骗，玉真公主并不在那里，究竟何时归来，看门的老者也不知道。李白只得在玉真别馆小住了一段时日，又赶上山洪，险些丧命。

原来小人在任何一个年代都存在，当年嫉妒李白才华的是当时的驸马张垍，如今屡屡让温庭筠无法高中进士的，却是当朝相国令狐绹。小人本就可怕，更可怕的是位高权重的小人，整日游走于花间的温庭筠，在伤心之时，已经不再能看到花开的美好，满眼都是花落的悲凉。再与他写给唐宣宗的《菩萨蛮》相对照，两种不同的心境越发明显：

菩萨蛮·翠翘金缕双鸂鶒

翠翘金缕双鸂鶒，水纹细起春池碧。池上海棠梨，雨晴红满枝。
绣衫遮笑靥，烟草粘飞蝶。青琐对芳菲，玉关音信稀。

写下这阕词时，温庭筠还没有看清令狐绹的真面目，既然令狐绹说唐宣宗喜欢《菩萨蛮》，那温庭筠就将自己最好的才华悉数展现。

他在词中描绘了一对金色的鸂鶒，它们有着翠绿的尾巴，成双成对地在碧波荡漾的水面上游来游去，尾巴也因为欢喜而上下摆动着，时不时在水面上激起细细的水纹。

词中的时节与温庭筠在紫极宫时的季节不同，温庭筠所在的是深秋，词中描写的却是初春。岸边的海棠花开得正好，红色的花朵挂满了枝头，刚刚下过一场春雨，一场春雨一场暖，春雨过后，天空更加晴朗，海棠花瓣上还挂着清澈的水珠，在雨后阳光的照耀下也显得更加耀眼。

温庭筠的词中总是能见到曼妙的女子身影，这首词自然也不例外。她笔下的少女总是美丽的，这位少女想必还不谙世事，显得有些羞涩，不愿让人看清自己的清晰容貌，含羞带怯地用宽大的衣袖遮住半边脸，脸颊边好看的酒窝也一并遮掩了起来。

少女是在欣赏美丽的蝴蝶，蝴蝶也迷恋春色，不停地在草地里飞来飞去，寻找可以容身的美丽花朵。光看少女的装扮与举止，就知道她来自富贵人家，富贵人家的女子经常躲藏于深闺之中，轻易不会抛头露面，这位少女想必也是如此。不过，她已情窦初开，一次偶然的机会，遇到了自己的心上人。那是一场短暂的爱恋，情愫刚刚升起，心上人就去往边塞，一去就再无半点音信。

生机勃勃的春日里，出现了一对象征着爱情的鸂鶒，又出现了一位独处深闺的富家少女，这分明就在用春光与鸂鶒暗示少女正沉浸在爱情之中。虽然思念情郎，少女的脸上却不见任何忧伤的神色，反而在想起情郎的音容笑貌的时候，一抹娇羞的红晕马上就会浮现在女子的粉面上。

爱情是再美好不过的事情，不过，也需要有浪漫的心境才能描绘出爱情的美妙。

在河中，温庭筠暂时归于徐商幕下，但是他对科举仍不死心，大中九年（公元855年），已经中年的温庭筠离开河中，再一次赶赴考场。

这是他第四次参加科举，也是最后一次。与温庭筠同场的考生，大多听过温庭筠的大名，更知道他喜欢“助人为乐”，每个人都巴不得能坐在温庭筠的旁边，关键时刻请他“帮助”自己一下。

主考官更是听说过温庭筠在屡次科举考试中的“壮举”，这一次，为了防止温庭筠再次“救数人”，考官给他安排了一个特殊的位置，与所有考生都隔开了很远的距离，并且还用一个帘子把温庭筠隔离开来。

然而，无论考官怎样防范，温庭筠还是用口授的方式“帮助”了八个人，之后还扬扬自得地向考官讲述起自己的“战绩”，考官气得变了脸色，温庭筠就这样不出意外地再次落选了。

这一次，温庭筠已经不似从前那样不羁，他之所以排除万难地“帮助”其他考生，还主动告诉考官，分明带有向朝廷挑战的意味。他对朝廷的科举制度已经有些泄气，这时的温庭筠，几乎已经彻底放弃了通过科举走入仕途的梦想。

然而，梦想是个调皮的东西，你越是日思夜想地渴望，它越是与你保持着可望而不可即的距离，当你已经对梦想感到绝望，它又伸出调皮的手，撩拨你的心弦，对科举失望透顶的温庭筠，竟然意外地获得了一次做官的机会。

回首·重帘悄悄，锦衾知寒

人生之路最是崎岖。所谓功成名就，不过是一个虚无缥缈的梦。有些美好的结局，必先经过挫折的际遇；有些唾手可得的美好，终究化作幻影。

温庭筠能够获得入幕的机会，还要从他以口授的方式在考场上“帮助”了八名考生开始。

在之前的三次科举中，温庭筠虽然也曾帮其他考生答题，但考官都并未深究，只是让温庭筠科举落第而已，这一次，温庭筠却闹出了大乱子。

被温庭筠口授的考生之一，是京兆尹柳熹的儿子柳翰，放榜之后，柳翰果然高中进士，再加上温庭筠用洋洋洒洒上千字向考官炫耀自己在考场上的“壮举”，一时间，京城中有关科举“泄题”的事情闹得沸沸扬扬。有人说，是京兆尹柳熹借职务之便，从裴谂那里提前弄到了这次科考的试题，托人请温庭筠提前做好答案，他的儿子柳翰才能在这次科举中高中。

与这次科考有关的所有官员都遭到了弹劾，或被贬官，或被罚俸：裴谂改任国子监祭酒，郎中周敬被罚了两个月俸禄，考官刑部郎中唐扶被贬出京城，担任虔州刺史，监察御史冯颛被罚了一个月俸禄，十名已经高中进士的考生因此落榜，其中就包括柳翰。

然而事实的真相，也许只是那些落榜的举子杜撰出来的，完全是因为嫉妒之心作祟，可是口授八人的温庭筠，成为了这次科举事件主要被惩罚的对象。尤其是相国令狐绹，在追究了所有相关官员的责任之后，判定温庭筠"搅扰场屋"之罪，将他贬为隋县尉。

仿佛一切都在冥冥中早已注定，温庭筠曾在《菩萨蛮》中描写了一名境遇凄凉的女子，像极了他此刻的处境：

菩萨蛮·夜来皓月才当午

夜来皓月才当午，重帘悄悄无人语。深处麝烟长，卧时留薄妆。
当年还自惜，往事那堪忆。花露月明残，锦衾知晓寒。

词中的故事发生在午夜，天上高悬着一轮明月，因为夜已深，整个世界都安静了下来，除了草丛中偶尔发出的一声虫鸣，再无任何声响，更没有交谈的声音。

明月照耀着女子的闺房，闺房中还亮着灯，从灯火投射在床上的影子，可以看到整个房间里都缭绕着浓浓的烟雾，那是女子房中的熏香。女子静静地躺在床上，却并未入睡，她脸上的妆容都不曾卸去，显然是已经做好了一夜无眠的准备。

孤寂的长夜让人了无睡意，从女子的容颜可以看出她已经不是一名年轻的少女，当年，她也曾那样爱惜自己，为了保持容颜的娇嫩，睡前一定会卸下脸上的妆容，都说女为悦己者容，当年的她，一定沉浸在一段美好的爱情里。可如今，一切都变成了再也不堪回首的往事，就算再美丽，又有谁来欣赏？

黎明渐渐到来，东方已经露出鱼肚白，清晨的露水打湿了花瓣，在花瓣上留下了颗颗露珠。明月渐渐落下，女子的心事却无人知晓，唯有身旁的锦被知道她的寒冷，不仅冷在身上，更冷在心里。

如果说命运仁慈，却让温庭筠一次次饱尝失意之苦；如果说命运残忍，却又在绝境中给了温庭筠一线生机。

大中十年（公元856年），曾在河中任节度使的徐商被唐宣宗调到襄阳镇守，温庭筠所在的隋县刚好是徐商的管辖范畴。他了解温庭筠的为人，也同情他的遭遇，便尽自己所能，将温庭筠调到襄阳幕府，作为巡官。

重情重义的徐商一下子为温庭筠解决了两大难题，既为他解决了生计问题，又把他留在身边竭尽所能地保护起来，以免凭温庭筠的个性，在外面继续受到心怀不轨的人的迫害。

在襄阳幕府，温庭筠度过了一段自在的时光，尽管官职不大，至少也算得偿所愿，更何况，襄阳幕府中除了欣赏自己的徐商，还有一众志同道合的好友陪伴在旁。闲来无事，温庭筠做的最多的事情就是与这些好友用诗词唱和往来。

一次，与温庭筠交好的段成式在新开的马场中参加赛马，比赛完毕，又出席了一场有众多营妓作陪的盛宴，与温庭筠和段成式都是好友的周繇知道以后，做了一首《广阳公宴成式速罢驰骋坐观花艳或有眼饱之嘲诗及段答诗并六韵》来嘲讽段成式，诗中并无恶意，只是好友之间的玩笑而已。

温庭筠听罢周繇的诗，马上也和了一首：

和周繇广阳公宴嘲段成式诗

齐马驰千驷，卢姬逞十三。玳筵方喜睐，金勒自趁趕。
堕珥情初洽，鸣鞭战未酣。神交花冉冉，眉语柳毵毵。
却略青鸾镜，翘翻翠凤篸。专城有佳对，宁复顾春蚕。

那是一场徐商操办的酒宴，温庭筠、段成式、周繇等人都被邀请到席上。古时营中宴饮，大多有年轻的营妓作陪。段成式早就看好了其中的一名营妓，特意早早地结束了赛马，打算一亲佳人芳泽。

段成式故意坐在那名营妓的身旁，两人离得那样近，身体几乎挨在了一起。为了博得佳人一笑，段成式想着各种各样的话题，时而附在营妓耳边低声讲述，时而靠眉目传情。

段成式并不知道，这名营妓是“专城”的长官看好的女子，除了长官，她谁也不伺候，无论段成式怀有怎样的情丝，除了能与她说说话，想再靠近一步也难。

温庭筠和周繇都知道这名营妓的相好是长官，只有段成式不知道，因此两人才特意作诗嘲弄他一番。

酒意正浓之时，众人忽然听到一个角落传来喧哗之声，接着就是杯盏落地的声音。温庭筠循着声音望去，正看见一名营妓脱下脚上的绣鞋朝着另一名营妓的脸掷过去，原来是两名营妓喝醉了在打架，温庭筠忽然玩心大起，抱着一副看热闹的心态作了一首诗：

光风亭夜宴妓有醉殴者

吴国初成阵，王家欲解围。
拂巾双雉叫，飘瓦两鸳飞。

女子打架，大多伴随着吵闹。营妓并不是高雅的女子，古时的文人墨客虽然愿意与妓女一同取乐，真正高看她们一眼的却寥寥无几。两名营妓打架，其余的营妓自动分成了两派，分别为两名营妓撑腰，仿佛两军对垒一般。在温庭筠听来，两名营妓吵架的声音就像两只雉鸡在聒噪，吵得鸡飞狗跳，连鞋都扔了出去。

不过，温庭筠对营妓并非不尊重，在五十几岁的高龄之时，温庭筠又做了一次新郎，这一次的新娘子就是一名从良的营妓。这名女子名叫柔卿，在襄阳幕府与温庭筠结识，两人日久生情，温庭筠求得府主的同意，将柔卿纳为侍妾。

成婚那一日，温庭筠特意做了一首诗，自嘲自己是“老翁新郎”：

答段柯古见嘲

彩翰殊翁金缭绕，一千二百逃飞鸟。
尾生桥下未为痴，暮雨朝云世间少。

其实，这首诗是温庭筠对段成式嘲笑自己的诗作的对答之诗。听说温庭筠要迎娶一名年轻的女子，段成式一连做了《嘲飞卿七首》和《柔卿解籍戏呈飞卿三首》共十首诗来嘲讽温庭筠，同样没有恶意，是玩笑之语。不过，这一次温庭筠一改往日的戏谑之态，郑重其事地应答了段成式的嘲讽。

温庭筠已经年老，所以在诗中称自己为“翁”。虽然大半生浪迹花间，温庭筠却承诺自己不会像黄帝那样让一千二百个女子侍奉自己，他如今只专情于柔卿。他在诗中引用了一个典故，传说在春秋时期，一名男子名叫尾生，他与心爱的女子约定在桥梁相会，可是女子迟迟未来，水越涨越高，眼看就要没过桥梁，可尾生怕女子找不到自己，坚决不肯离开，最终抱着桥柱被淹死。

据说，尾生等待的那名女子就是洛神，她天生多情，朝云暮雨，很少会为了某一个男子专情。温庭筠却觉得尾生的举动并非痴傻，而是因为专情，可见他对柔卿已经一往情深。

因为官职不高，温庭筠更能亲近百姓。时间久了，他发现农民的生活过得十分辛苦，不仅要辛苦种田劳作，还要忍受苛捐杂税的剥削，出于对农民的同情，便有了这一首《烧歌》：

起来望南山，山火烧山田。微红夕如灭，短焰复相连。
差差向岩石，冉冉凌青壁。低随回风尽，远照檐茅赤。
邻翁能楚言，倚插欲潸然。自言楚越俗，烧畲为早田。
豆苗虫促促，篱上花当屋。废栈豕归栏，广场鸡啄粟。
新年春雨晴，处处赛神声。持钱就人卜，敲瓦隔林鸣。

卜得山上卦，归来桑枣下。吹火向白茅，腰镰映赪蔗。

风驱槲叶烟，槲树连平山。迸星拂霞外，飞烬落阶前。

仰面呻复嚏，鸦娘咒丰岁。谁知苍翠容，尽作官家税。

那一日温庭筠清早起床，无意中望向南山的方向，发现南山上正燃烧着熊熊的火焰，是农人在放火燃烧山田。过了一会儿，火焰好像灭了下去，可一阵山风吹过，火苗又复燃了起来，并且很快就连成一片，参差不齐地朝着山崖的方向烧过去，已经烧到了青色的石壁。

忽然一阵风吹来，山火终于熄灭，可是远处的另一座山又燃起了火焰。

温庭筠不知道发生了什么事情，便来询问邻家的一位老翁。没想到老翁还未开口说话，眼眶就已经被泪水打湿。温庭筠知道，老翁的心中一定有深深的痛苦，从老翁口中得知，原来农民们在新年的时候举行过酬神大会，占卜到一支吉卦，说今年适合种田，于是大家在桑树和枣树下商议之后，决定放火烧山，割去杂草，开始种田。又养猪养鸡，渴望迎来一场丰收。

可惜，农民辛苦劳作一年才获得的微薄收入，又尽数被充作官税。农民辛苦一年，最终什么也没有得到。

这样的世道让百姓绝望，也让温庭筠绝望，他忽然发现自己这个小小的官职实在不能为百姓做些什么，一时间觉得自己的人生有些失败。

闲居·雨后斜阳，杏花零落

光阴的齿轮拼凑着记忆的碎片，许多曾经清晰的事情已渐渐变得模糊，正如一朵残花勉强维持着衰败的模样，总好过跌落枝头随风飘零。

大中十三年（公元859年）八月，唐宣宗李忱驾崩。是年十一月，李忱的长子李漼即位，是为唐懿宗。

唐懿宗登基之后，遇到的第一件大事就是突厥余部渡过黄河，主动归附朝廷。唐懿宗思来想去，还是徐商处理这件事情最合适，于是便派遣徐商前往。

徐商果然不辜负唐懿宗的期望，请示朝廷，让突厥余部在山东田多人少的地方安家，组织了一支上千人的预备征讨的军队，随时防范突厥人造反。

自从徐商离开襄阳，温庭筠就再没有留下来的理由。在襄阳幕的这五年时间，是温庭筠人生中最快乐的五年，虽然收入不多，但也总算圆了他为官的夙愿。

这五年里，温庭筠几乎没有积蓄，随着年龄增长，他的身体也越来越糟。离开襄阳之后，温庭筠来到了江陵，想在那里另谋生路。在江陵居住的那段日子，温庭筠贫病交加，人生似乎已经没有了太多盼头。此情此景，有些像他在《菩萨蛮》中描写的场景：

菩萨蛮·南园满地堆轻絮

南园满地堆轻絮，愁闻一霎清明雨。雨后却斜阳，杏花零落香。

无言匀睡脸，枕上屏山掩。时节欲黄昏，无憀独倚门。

温庭筠离开襄阳时，刚好是岁末，在江陵，他度过了柳絮飘扬的初春。词中的场景刚好也发生在初春，柳絮轻轻地从空中飘落，装点得大地一片洁白。似乎每年的清明都要落一场雨，权当是对逝者的祭奠。

雨过之后，太阳从乌云背后露出了脸，虽然已近黄昏，但夕阳的余晖洒在草木上，依然动人。

刚刚的一场雨打落了一地杏花，显得有些寥落，女主人公在此时终于登场，她看似刚刚从睡梦中醒来，想必是被刚刚的雨声吵醒，此刻正睡眼惺忪，却别有一种慵懒的美。

女子没有说话，只是缓慢地起身，将枕后的屏风轻轻掩上，忽然发现雨后的黄昏夕阳别有一种动人的美，索性站在门口，倚靠在门上，望着外面的美景发呆。

女子一定在为春日将逝而忧愁，感叹天气变化无常，大雨说下就下，浇落了一地杏花，凌乱而又悲凉。

温庭筠的春天似乎已经过去，离开襄阳幕，没有了徐商的照拂，他的未来之路也不知该何去何从。

深闺女子大多寂寞，因此词中女子的神态与动作才显示出些许慵懒。唯有雨后的夕阳和遍地落花能触动她的伤心事，倚靠在门口，既是思念过往，又仿佛是在等待某个人的归来。似乎正因无人陪伴，所以才深感寂寞吧。

温庭筠的十四首《菩萨蛮》，首首不谈政治，但却首首都在借男女之情，表达自己对政治与朝廷的情感。温庭筠的内心世界极其丰富，他也用细腻的词句将自己的内心展露了出来。

好在命运并没有把温庭筠逼到绝境，在他离开襄阳幕的同时，荆南节度使白敏中调入京城为相，继任荆南节度使的是萧邺，他也是温庭筠的旧识，温庭筠创作的那首《投翰林萧舍人》，就是送给萧邺，希望有朝一日能投入他的门下。

这一次，萧邺给了温庭筠一个机会，将他从贫病交加的窘境中拯救了出来，在自己的幕下为温庭筠安排了一个从事的职务。

这一次转折，让温庭筠再一次看到了一线生机。春日还没彻底过去，他就急忙踏上行程来到荆南。因为心怀期望，人生的旅程也就变得不再难熬：

商山早行

晨起动征铎，客行悲故乡。
鸡声茅店月，人迹板桥霜。
槲叶落山路，枳花明驿墙。
因思杜陵梦，凫雁满回塘。

其实，写下这首诗时，温庭筠已经在荆南幕待了一年的时间。不过，在人生之路上，他永远都是一名旅人，因此才能那样真实地写出旅人的感受，令许多人读来，觉得仿佛诗中写的就是奔忙在路上的自己。

不知温庭筠是不是回忆起自己即将来荆南时的场景，抑或每一次起程，都要经历类似的景象。古人喜欢趁着清晨赶路，天刚蒙蒙亮，就忙着打点行装。

当旅人开始踏上旅程，马儿脖子上的铃铛也就开始叮当作响。这本是欢快的响声，可是刚刚踏上旅程的旅人，却忽然一阵悲伤袭上心头，开始思念起自己的家乡。

对于温庭筠来说，家乡就是吴中，但是他曾经在鄠杜停留多年，那里早已成为他的第二故乡。

公鸡的鸣叫声在宁静的清晨显得异常嘹亮，其实天并没有大亮，月亮还恋恋不舍地挂在天空，身影已经在晨光的照射下变得若隐若现，却依然拼尽全力地在茅草屋上包裹住一层温柔的光泽。

早春时节还未完全褪去冬日的霜寒，木板桥上依然蒙着一层白色的霜。旅人已经尽早出发，没想到有人比他走得更早，桥面的白霜上面，已经布满了凌乱的足迹，黄山的小路上落满了枯败的槲叶，这一场景怎能让人不心生悲凉？

虽然已是清晨，月光的威力却并未完全消失，依然能让花儿在墙壁上投射下花影。清风徐来，花影微微晃动，直到这一刻，旅人的心情才稍微舒缓了一些。驿站两旁的白色枳花开得正好，让他想起了昨晚的梦境，他在梦中回到了故乡，在故乡的池塘边，欣赏着一群群凫雁在水中嬉戏。

温庭筠在诗中提到的故乡，已经不是吴中，而是那个他幽居了多年的鄠杜。与鄠杜相比，无论是襄阳还是荆南，都是陌生的地方。温庭筠不知道前方等待着自己的将是什么，是热情的笑脸，还是淡薄的人情？

诗中描写的一切，都是鄠杜的景致，温庭筠的人生之旅，更像是一场漂泊。没有人愿意以这样的方式生活，漂泊并不能让温庭筠感到快乐，却也只能无奈地接受。

在荆南幕的生活，并不如在襄阳时快乐，因此他才忍不住将家乡的景色与荆南的景色做对比。

在长安的日子里，温庭筠从未想过有朝一日自己会如此思念长安。这里带给他太多无法忘怀的痛苦回忆，可他对长安却恨不起来，反而有着一种爱恨交织的复杂情感。

于是，温庭筠在荆南幕只逗留了短短的两年时间，就决定离开，重新回到那个让他又爱又恨的长安。不过，就像多年以前一样，长安城依然没有属于温庭筠的一席之地，在那里，他只能重新过起了闲居的日子。

第七章

花间鼻祖，缘浅情深

友情·一世知己

亲情温暖，爱情旖旎，友情则是坚固而又动人的感情。如果友情是花，宁愿闻到枯萎，也不肯放手丢弃，即便黑发已成华发，心底里也残留着友情的温度。

对于一直不遗余力提拔自己的徐商，温庭筠不仅将他当作长官，更将他当作知己。在襄阳幕期间，温庭筠还结交了一众好友。当徐商调离襄阳，与温庭筠要好的段成式等人也与他一同来到了荆南幕。

友情的陪伴，让温庭筠在荆南的生活少了一些彷徨。他与段成式等人之间说话从不须过多顾忌，彼此玩笑、挖苦，也彼此慰藉。因为同在荆南幕，所以温庭筠与段成式之间也时常有诗词往来唱和。

段成式曾送给温庭筠一篇《寄温飞卿葫芦管笔往复书》，温庭筠则回他一篇《答段柯古赠葫芦管笔状》。那时温庭筠正染上咳疾，整夜整夜地咳嗽，五脏六腑仿佛都要咳出来，根本无法入睡。听说牛肠可以治咳疾，可是却十分难得。

刚好此时段成式送给温庭筠一支葫芦笔管，温庭筠早就想以诗文道谢，却因为身体状况太差，迟迟未能动笔。

温庭筠不知道这支笔产自何地，段成式又是从何人手中所得。只觉得这支笔轻若羽毛，比仙草灵芝更加珍贵。古人都将玳瑁和琉璃当作奢华的点缀，而温庭筠却觉得这支笔足以让玳瑁和琉璃都失去光华。

温庭筠离开荆南幕时，段成式也已经离开。段成式本是宰相段文昌之子，家就住在荆州。自从温庭筠回到长安，再不能与段成式天天见面。当初段成式与温庭筠时常互相嘲讽，友情却丝毫未减，如今少了一个嘲笑自己的人，温庭筠不禁越发思念起段成式来，终于还是忍不住写了一首诗寄给段成式：

寄渚宫遗民弘里生

柳弱湖堤曲，篱疏水巷深。酒阑初促席，歌罢欲分襟。
波月欺华烛，汀云润故琴。镜清花并蒂，床冷簟连心。
荷叠平桥暗，萍稀败舫沉。城头五通鼓，窗外万家砧。
异县鱼投浪，当年鸟共林。八行香未灭，千里梦难寻。
未肯睽良愿，空期嗣好音。他时因咏作，犹得比南金。

春秋时期，楚国是首屈一指的大国，渚宫就是楚国的宫名。春秋时期的楚国，就是唐朝的荆州，因此，世代住在荆州的居民，也被称为渚宫遗民。段成式就是“渚宫遗民”之一，在荆南幕的那段时间，在段成式的陪伴下，温庭筠才过了一段快乐的日子。

温庭筠与段成式之间的交往，大多都是诗词唱和与饮酒作乐，如今独在长安的温庭筠，想起当初和段成式在荆州一个幽深的小巷里饮酒作乐的场景，至今还时常拿来回味。

那条幽深的小巷，旁边有潺潺的流水，河堤上有成排的杨柳，垂下来的柳丝轻抚着河堤，从河堤上传来动听的曲声。

喜欢饮酒之人，大多喜欢有歌伎陪伴，一喝就是许久，流连在热闹的场景中迟迟不肯离去。那一日，温庭筠和段成式饮酒至深夜，店家已经准备打烊，酒席还未散场。店家只好一次又一次地来催促他们快些结束，可是歌伎们却意犹未尽，唱曲正在兴头上，不肯离去。

温庭筠和段成式既是好友，又同是荆南幕的同僚，多亏有了段成式，温庭筠才不至于终日苦闷。不过，温庭筠也时常和段成式一起喝得酩酊大醉，只有醉得不省人事，痛苦的神经才能得到暂时的麻痹。

其实，温庭筠在荆南幕并不只有段成式一个好友，沈参军也是与温庭筠往来最多的人之一。那时，温庭筠与沈参军还有一众友人共同坐在池边华堂上听琴瑟之音，闻荷花之香，温庭筠还曾当场写下诗篇：

和沈参军招友生观芙蓉池

桂栋坐清晓，瑶琴商凤丝。况闻楚泽香，适与秋风期。
遂从棹萍客，静啸烟草湄。倒影回澹荡，愁红媚涟漪。
湘茎久鲜涩，宿雨增离披。而我江海意，楚游动梦思。
北渚水云叶，南塘烟雾枝。岂亡台榭芳，独与鸥鸟知。
珠坠鱼迸浅，影多凫泛迟。落英不可攀，返照昏澄陂。

瑶琴发出的乐声柔美动听，再加上荷塘中传来浓郁的荷香，宛若人间仙境。一艘小船从荷花池中悠悠漂过，在清晨湖面上薄薄的轻雾笼罩下，变得有些不真实。也许仙境的本来面貌就是缥缈的吧，船上的人影倒映在水中，船儿漂过的地方，留下阵阵涟漪。

雨水打过的荷叶显得异常妩媚动人，在微风中兀自摇摆着新鲜的花茎，如同一名水中的仙子，姿态优雅高贵。

温庭筠当时虽然身在荆南，心思却已经飘荡到了四方。他的梦中时常出现自己在四处漂泊的身影，这个世界有太多值得温庭筠思念的地方。他的梦里有北渚的云叶，南塘的烟雾，可是他在梦中的身影却总是那样孤单，永远没有一个陪伴自己的人。有时候，唯一的陪伴就是水边的鸥鸟，想到此处，眼前的荷塘景色虽美，却没有心情再去欣赏了。

此刻，思念占据了温庭筠心头的大多数位置，他思念吴中、思念长安，还思念在鄠杜的友人鱼玄机。于是，温庭筠也用一首诗表达了对友人的思念：

渚宫晚春寄秦地友人

风华已眇然，独立思江天。凫雁野塘水，牛羊春草烟。

秦原晓重叠，灞浪夜潺湲。今日思归客，愁容在镜悬。

每当想念鱼玄机，温庭筠就会独自一人站在江边望着天空发呆。眼前的天空与鱼玄机所处之地的天空截然不同，那里的池塘上空有飞来飞去的凫雁，草地上还有成群的牛羊，远处山川重峦叠嶂，灞水日夜潺潺流淌。

温庭筠不知自己何时才能归去，如今自己映在镜子里的容颜，分明就是一名沧桑的老者，那样憔悴。

在荆南的那些日子里，温庭筠始终找不到归属感。这里只不过是他流离失所之时的一处寓居之地，因此，在决定离开荆南时，温庭筠没有丝毫留恋。

温庭筠思念鄠杜，并不是因为鱼玄机，因为此时的鱼玄机早已不在鄠杜。鱼玄机是温庭筠的红颜知己，也是他的学生，却不是他的恋人。鱼玄机自幼在鄠杜出生、长大，那里也是温庭筠的居所。鱼玄机本名叫作鱼幼薇，自幼才华横溢，长大以后更是成为了晚唐时期大名鼎鼎的女诗人。

鱼玄机与温庭筠相识时，刚刚十岁，那是温庭筠屡次科考失意的时候，而鱼玄机却是一个精通琴棋书画，写得一手好诗词的闻名京城的才女。温庭筠最欣赏有才之人，无论男女老少，他都想见识一下。

于是，温庭筠主动来到鱼玄机家中拜访，这才得知原来这位大名鼎鼎的才女，竟然也有着凄苦的身世。鱼玄机的父亲早亡，只剩下一位寡母独自抚养她长大。母亲只能靠给附近青楼做针线和浆洗的活计勉强维持生活，可年仅十岁的鱼玄机，却长得并不像一个穷苦出身的孩子。

她有着大大的眼睛，眼神中灵气逼人，温庭筠从那时就能想象到，面前的这个小女孩，长大以后一定是个名动京城的美人。在鱼玄机面前，温庭筠说明了来意，并友善地请鱼玄机即兴赋诗一首。

鱼玄机没有片刻犹豫，看到江边柳荫正浓，便以“江边柳”为主题赋诗一首。这哪里像是一个十岁女童的稚嫩之作，从遣词造句，到平仄音韵，甚至是诗词的意境，都堪称难得一见的佳作。

鱼玄机的才华让温庭筠大喜过望，也为之深深折服。他不忍心眼睁睁地看着如此有才华的一名女子终日生活在穷困之中，出于怜爱之心，便时常帮助接济鱼玄机。温庭筠的才华和为人让鱼玄机深深感动，于是拜温庭筠为师。他们之间的感情亦师亦友，以诗词唱和，是他们之间最大的乐趣。

在温庭筠被贬隋县尉的那一年，十一岁的鱼玄机得知温庭筠的遭遇，写了一首《早秋山居》为他送行，温庭筠作为唱和，也送给鱼玄机一首诗：

早秋山居

山近觉寒早，草堂霜气晴。
树凋窗有日，池满水无声。
果落见猿过，叶干闻鹿行。
素琴机虑静，空伴夜泉清。

这是温庭筠刚刚来到隋县时的感受。正是初秋时节，刚一走进大山，就感觉一股寒气扑面而来。没想到刚刚入秋，天气就如此寒冷，茅草做的屋顶也覆盖了一层厚厚的白霜，在阳光下熠熠生辉。

沉浸在失意中的温庭筠，还没有感受到季节变换带来的细微变化，他不经意抬头，才发现树叶不知何时已经全部凋落。他呆呆地看着窗台上洒下的阳光，又转移视线看着涨水的池塘。之前还能听到流水潺潺的声音，不知什么时候也已经听不到了。

成熟的果子自己跌落到地下，猿猴偶尔会从果树下经过，捡食果子。落叶变得越来越干燥，小鹿从落叶堆上轻轻踩过，也会发出清晰可闻的声响。

猿猴和小鹿都是胆小而又谨慎的动物，只有人不出现的时候它们才会出现，可见温庭筠在山中居住的时候，是多么安静又懒得动弹。

温庭筠就这样呆呆地度过了一个白天，到了寂静的夜晚，才终于觉得寂寞难耐。他找出了带来的素琴，轻轻用指尖拨动出动人的乐曲。清脆的曲声如同泉水发出的声音，很快就把温庭筠带到了一个纯净空明的世界。

只有在这一刻，温庭筠的内心才是自由的，他终于找到了在山中居住的闲适之感，也终于不再为自己遭贬而感到伤心。

即便是被贬隋县尉，温庭筠也没有在这首诗中显露出消极的态度，也许这出于他对鱼玄机的一丝怜爱。因为鱼玄机年龄尚幼，身为老师的温庭筠不能让自己的学生看到自己的脆弱，也不想让鱼玄机在小小年纪就感受到人世的险恶。对于鱼玄机，温庭筠可谓用心良苦，却没想到，他对鱼玄机的关爱，在世间迅速演变出了一段流言蜚语。

相思·为君憔悴

爱，只有在温暖中才会长久，它美丽而又神圣，每个人都为它而虔诚。因为对爱情的憧憬，所以自动在心里为爱情蒙上了一层梦幻的色彩，当爱情失去之后，才更为它凄楚憔悴。

自从温庭筠被贬隋县尉，他和鱼玄机就很少有见面的机会，唯有往来的诗词，维系着彼此的友情。温庭筠比鱼玄机大四十几岁，已经是可以做她父亲的年龄。可随着鱼玄机渐渐从孩童成长为少女，她发现自己对温庭筠的情感，远远超越了类似对父亲与老师的依赖，而是一种类似爱情的东西。

在鱼玄机写给温庭筠的《寄飞卿》里，她清楚地表达了自己的对温庭筠的爱意："阶砌乱蛩鸣，庭柯烟露清。月中邻乐响，楼上远山明。枕簟凉风著，瑶琴寄恨生。嵇君懒书礼，底物慰秋情。"

这样炽热而又纯洁的情感，温庭筠不是未曾动容的。可是，理智告诉他，自己和鱼玄机的差距实在太大，既有年龄的差距，又有容貌上的差距，更重要的是，他的人生依然落魄潦倒，他不能让自己最欣赏的才女跟着自己一起受苦。于是，他把心中的情愫强压了下来，始终与鱼玄机保持着亦师亦友的距离。

温庭筠的态度让鱼玄机感到失望，她继续用诗句表达着自己的感情。温庭筠虽然感到心疼，却也无能为力，最好的办法，就是为鱼玄机找一个好的归宿。

状元李亿进入了温庭筠的视线，他是温庭筠的朋友，已经官至左补阙，容貌端正，体格健壮，性情温和，前途无量。虽然李亿已有正妻，但温庭筠相信，他能给鱼玄机一个幸福的人生。于是，温庭筠想方设法撮合李亿与鱼玄机在一起。

李亿对鱼玄机的美貌与才华很欣赏，在与李亿的相处过程中，鱼玄机也终于放下了对温庭筠的爱恋，接受了李亿。那一日李亿又来看望鱼玄机，在准备回府之时，鱼玄机托温庭筠代自己送李亿，温庭筠也在送李亿时即兴写了一首诗：

送李亿东归

黄山远隔秦树，紫禁斜通渭城。
别路青青柳弱，前溪漠漠苔生。
和风澹荡归客，落日殷勤早莺。
灞上金樽未饮，宴歌已有馀声。

黄山与秦树远远相隔，紫禁城与渭城遥遥相望，送别的沿途有青青的柳树，还有大片绽放的花朵。夕阳西下，微风和煦地吹拂，树上有黄莺在轻快地啼叫，温庭筠对李亿有些不舍，刚刚还酒兴正浓，丝竹管乐之声依然还在耳畔回荡，他却就要起程离去了。

在温庭筠的撮合下，十四岁的鱼玄机终于成为了李亿的妾室。婚后的二人十分相爱，可是，李亿的正妻却不是个好相处的人。那是个蛮横霸道的女子，自从鱼玄机进门，就刻意处处刁难，家里容不下鱼玄机，李亿只好在外面为她单独安排住处。可是他的正妻依然穷追不舍，一定要李亿把鱼玄机休掉。李亿正妻家中的势力很大，李亿不敢得罪，又舍不得美丽多情的鱼玄机。

鱼玄机在痛苦中度过了三年婚后生活，她终于无法忍受这样的人生，便在十七岁那年决定东游。温庭筠刚好来到长安，特意前来为鱼玄机送行，并写下一首送别诗：

送人东游

荒戍落黄叶，浩然离故关。
高风汉阳渡，初日郢门山。
江上几人在，天涯孤棹还。
何当重相见，尊酒慰离颜。

不知为何，凄惨的故事总是发生在萧瑟的秋日，鱼玄机决定远行的时候也正是秋季，这让温庭筠的离愁别绪更加涌上心头。鱼玄机去意已决，反而不像温庭筠这样悲伤。可是，一朝分别，从此远隔千里，唯有山水能寄托温庭筠对她的思念。

温庭筠对鱼玄机的惦念，更像是父亲对女儿的心疼。他不知道鱼玄机在汉阳那里有几个朋友，谁可以照顾她，如果她孤身在外漂泊，温庭筠必定十分担心。只希望鱼玄机能早日归来，到时把酒畅谈，以慰离别之情。

温庭筠与鱼玄机注定没有夫妻情分，他们只能成为朋友，成为知己，彼此关怀，彼此挂念。

一年以后，鱼玄机才结束了东游回到长安。李亿的正妻依然无法容得下她，迫于无奈，李亿只好为鱼玄机写下一纸休书。他表面上将鱼玄机赶了出去，却在背地里找了一处僻静的道观，把鱼玄机安置在那里。

这座幽静的道观成了鱼玄机最终的归宿，温庭筠本希望她能过上好日子，却没想到她的余生都只能在悲凉中度过。他知道鱼玄机此刻最需要的就是友情的慰藉，虽然温庭筠当时已经回到了襄阳，却只能用诗词为鱼玄机送去安慰：

西江贻钓叟骞生

晴江如镜月如钩，泛滟苍茫送客愁。

衣泪潜生竹枝曲，春潮遥上木兰舟。

事随云去身难到，梦逐烟销水自流。

昨日欢娱竟何在，一枝梅谢楚江头。

空有一腔离愁别绪，却又身不由己。江边的景物勾起了温庭筠对往事的快乐回忆，那时，天刚蒙蒙亮，还能看到月亮弯弯的身影。江面如同镜子一样平静，温庭筠在楚江边上，即将开始远行。有朋友来到江边送别，温庭筠的心情立刻变得如同江水一般苍茫而又悲凉，他听到了婉转的民歌曲调，那悲戚的歌声与他此刻的心情十分相衬，也催促着温庭筠赶快登上木兰舟，趁着春潮划桨而去。

往事如同滔滔江水，一去就再不复还，梦想也是一样，转眼就烟消云散，带走了所有的欢乐。

温庭筠觉得自己就像一朵冬日里的寒梅，还未来得及绚烂，就凋谢了，沦落到江水，逐水漂流。

温庭筠和鱼玄机，同是天涯沦落人，他们心心相印，却只能频繁地书信往来，用自己的微薄力量，做彼此前行的动力。

他对鱼玄机无关相思，却总有挂念，当心中的惦念无处安放，只能寄托于一首小令：

南歌子·倭堕低梳髻

倭堕低梳髻，连娟细扫眉。终日两相思，为君憔悴尽，百花时。

太多说不出的缠绵与关怀，都蕴含在简短的词句当中，文字虽少，却蕴含了太多细腻的情感。

词中的女子有着乌黑发亮的头发，梳成了一个偏在一侧的堕马髻，远远看去，好像一朵乌黑的云朵斜斜地挂在树梢。当女子行走起来，那乌黑的发髻随着她的步伐摇荡，却不会散落。她有着窈窕的身段，脸上只有淡淡的妆容，一双蛾眉轻扫得浓淡相宜，细细弯弯地伸向额际。古人将这样的眉毛叫作“远山黛”，因为那眉毛就像被轻雾半掩的黛色远山。

蛾眉下方就是一双含情脉脉的眼睛，因为天天都在思念心上人，日复一日，女子的容颜也开始变得憔悴。

因为不得见，才终日两相思。其实哪里是两相思，明明是鱼玄机对李亿一人单相思而已。因为无人欣赏，她早已无心装扮自己，春日百花齐放，她却渐渐枯萎凋零。

离情·三更雨，空阶滴到明

大半生的光景就这样匆匆流逝，只留下深深的余梦。那梦中下着三更时分的雨，如同珍珠滴滴答答撒在空阶，直到天明。

住进道观的鱼玄机，日子过得十分苦闷，从往来的书信中，温庭筠总是能知道鱼玄机的近况。从最近的一封书信里，温庭筠得知鱼玄机的一位歌姬朋友刚刚死去，鱼玄机在字里行间都透露出伤感之情，以及对友人的怀念。温庭筠只好写去一封回信，从头到尾都在安慰鱼玄机：

和友人伤歌姬

月缺花残莫怆然，花须终发月终圆。
更能何事销芳念，亦有浓华委逝川。
一曲艳歌留婉转，九原春草妒婵娟。
王孙莫学多情客，自古多情损少年。

温庭筠希望通过月亮残缺和花儿凋谢的现实，告诉鱼玄机，人的生死都是自然规律，纵然过度伤心也无法挽回。他希望能够做些什么来安慰鱼玄机，便在信中问她，要怎样做才能让她不再痛苦。

人们都将美丽的女子比作花朵，可惜再美丽的花朵也有零落成泥的一日，不只鱼玄机的朋友会死去，世间美好的女子，都会以死亡的方式离开这个世界。他安慰鱼玄机，她的朋友一定是一位才情与美貌并重的女子，她坟前的春草也一定会妒忌她。

温庭筠欣赏鱼玄机的重情重义，可是重情重义的人也会因为过度悲伤而损害自己的身心。他劝慰道："你死去的朋友一定不愿意看到你为她伤心，所以还是放宽心吧。"

其实，嘴上劝着别人，温庭筠自己也是一个重情重义之人。每当他有朋友离开人世，他都会为此伤心好久，写下一首又一首悼亡的诗篇，在孤寂无助的时候，也会越发地思念他们。

因为感同身受，所以温庭筠对鱼玄机感到心疼。有人死去固然值得难过，但活着的人更加重要。就在温庭筠苦口婆心地安慰鱼玄机的同时，他却收到了段成式的死讯。

自荆南幕一别，段成式就任江州刺史，咸通三年（公元862年），又来到京城，出任太常少卿。

温庭筠与段成式终于又有了相见的机会，彼此的诗词往来唱和也更加频繁。咸通三年秋天，温庭筠来到东都洛阳，见到初秋的嘉莲并蒂，便为段成式写去了一首和诗：

和太常杜少卿东都修行里有嘉莲

春秋罢注直铜龙，旧宅嘉莲照水红。两处龟巢清露里，一时鱼跃翠茎东。

同心表瑞荀池上，半面分妆乐镜中。应为临川多丽句，故持重艳向西风。

当时温庭筠见到洛阳的莲花开得那样好，映红了一池水，有的莲花并蒂开放，有的莲花如同美人半掩着娇媚的容颜，在西风中端庄持重得如同淑女一般。

他还看到两处乌龟的巢穴就在清露中，池中还有鱼儿围着莲花游来游去，时而高高跃出水面，跃过莲花翠绿的花茎。

看到如此赏心悦目的景致，温庭筠忍不住想要和段成式分享。想不到刚刚过了一年的时间，段成式与温庭筠就已天人两隔。他要用诗词为段成式进行最后一次送别：

清平乐·洛阳愁绝

洛阳愁绝，杨柳花飘雪。终日行人恣攀折，桥下水流呜咽。

上马争劝离觞，南浦莺声断肠。愁杀平原年少，回首挥泪千行。

段成式的死在六月，本是盛夏时节，温庭筠的眼中却飘满了春日才有的柳絮。洁白的柳絮仿佛是在为死者送行，因为白色，是最哀伤的颜色。

这是段成式与人间的一次诀别，温庭筠闭上眼睛，仿佛就能看到段成式在向自己挥舞着手臂，那是告别的姿态，转身之后，他就要去往另一个世界，开始另一段旅程。

古时人们送行会折断柳枝，送给即将远行的人，表达依依不舍之情。温庭筠也折下一段柳枝，却无人可赠，只能插在桥头，耳畔传来送行之人呜咽的哭声。

他端起一杯酒，轻轻地洒落地上，那是他给段成式的送行酒。此时传来一阵黄莺的啼叫，原本婉转动听的声音，如今听来却让人断了愁肠。温庭筠可以感应到，段成式并不想离去，他不断地回头遥望，又频频擦拭着不舍的泪水，却只能接受天人两隔的现实。

凄楚与悲壮，伤心与无奈，都凝聚在这首短短的词中。好友一个个死去，温庭筠仿佛感觉到自己的生命也即将走到尽头，这样想着，余生的岁月似乎也就不值得太多留恋，对鱼玄机失去好友的难过，也更多了一些理解和同情。

女子之间的友情，想必更细腻委婉吧，自己失去好友都这样难过，更何况重情重义的鱼玄机，当她午夜梦回，思念起好友，想必更是彻夜难眠吧。

更漏子·玉炉香

玉炉香，红蜡泪，偏照画堂秋思。眉翠薄，鬓云残，夜长衾枕寒。

梧桐树，三更雨，不道离情正苦。一叶叶，一声声，空阶滴到明。

温庭筠仿佛能够感受到，寂静的深夜里，鱼玄机的房间内，精美的玉炉里正焚着熏香，玉炉周围香烟缭绕，散发出淡淡的香气。

房间中红色的蜡烛依然没有熄灭，燃烧的红烛流下大滴的烛泪，再凝固在即将燃尽的蜡烛周围。烛光已经并不明亮，却依然可以清晰映照出墙壁上的画堂。这红烛仿佛懂得人类的情感，照出了画堂中人的秋思。

鱼玄机已经在床上辗转反侧了很久，依然没能入睡。她的鬓发已经散乱，脸上的妆容也已经脱去，精心描画的眉毛也已经变淡。房间中的一切都显得那样温馨，可因为对好友的思念，鱼玄机就是睡不着，因为心中寒冷，枕头和被子仿佛也变得冰冷不堪。

三更已过，窗外的雨一直滴滴答答地下着，丝毫没有要停下来的意思。这雨声搅得鱼玄机心头烦乱不堪。如果在往日，她一定愿意走出门去，欣赏外面的梧桐树在雨中呈现出的凄美，可是现在，她正在为好友的死去感到愁苦，安静的夜里，滴滴答答的雨声变成了噪音。雨一直下到天明，鱼玄机也整夜未眠。

清明节是祭奠逝者的日子，却也是生者最不喜欢过的节日，因为这一天会勾起思念与愁绪，在祭奠逝者的同时，也是对情感的一次折磨。

又是一年清明，想念起死去的朋友们，温庭筠又一次难过不已。可是这一次，他要用快乐的诗句去告慰逝者，也许死亡并不值得难过，因为这是另一种方式的重生：

清明日

清娥画扇中，春树郁金红。

出犯繁花露，归穿弱柳风。

马骄偏避幰，鸡骇乍开笼。
柘弹何人发，黄鹂隔故宫。

都说“清明时节雨纷纷”，可是这一年的清明节，天气却异常好。从清晨开始，空气就十分清新。温庭筠一出门就看到一只色彩斑斓的蝴蝶在花间飞舞，眼前的景致，就像女子握在手中的团扇上的图案一样美好。

因为天气温暖，今年的花开得很早，各色花朵竞相开放，点缀着春日里的田野。

这样美好的天气让人们忘记了悲伤，祭奠逝者之余，大家纷纷出门踏青。出门时，花瓣上还满是晶莹的露水，回来时，微微的春风已经把露水吹干，吹在人的脸上更添惬意。

马儿在帷帐旁边昂首嘶鸣，鸡群争先恐后地从刚刚打开的鸡笼里钻出来，急着投入春天的怀抱。鸟儿在空中自由自在地飞翔，突然不知是谁朝着天空中的飞鸟射去一颗石子，吓得黄鹂鸟赶快躲到了屋顶，发出清脆的“抱怨”，怨那投射石子的人，不该无缘无故做出伤害鸟儿的事情。

诗中的轻松氛围，代表着温庭筠对于死亡已经释怀，好运也就在释怀的同时猝不及防地降临。他穷极大半生都渴望入朝为官，就在此刻，命运给了温庭筠又一次做官的机会，虽然职位不高，却也算圆了他一生的梦。

春愁·远翠愁山入卧屏

生命的书卷一页页展开，转眼已快翻阅到尾声。一卷又一卷，看过满目葱茏，在曲终人散之前，一朵悄然绽放的花蕊，萌发出一丝生的希望。

如果没有在生命的最后一刻获得一官半职，温庭筠的人生也许就将在“花间鼻祖”的头衔下收场。他从来不曾愧对自己的这个头衔，一首又一首的闺怨诗词，换来了温庭筠在诗词界举足轻重的地位：

春愁曲

红丝穿露珠帘冷，百尺哑哑下纤绠。
远翠愁山入卧屏，两重云母空烘影。
凉簪坠发春眠重，玉兔煴香柳如梦。
锦叠空床委堕红，飔飔扫尾双金凤。
蜂喧蝶驻俱悠扬，柳拂赤栏纤草长。
觉后梨花委平绿，春风和雨吹池塘。

他再一次用诗句勾勒出一幅浓淡相宜的闺中水墨画，红色的丝线穿起如同露珠一般的珠子，做成了晶莹剔透的帘幕，映衬得房间有些清冷。轻轻将卷起的珠帘放下，那清冷的光辉就形成了一道瀑布，珠子相互碰撞时发出“叮叮当当”的声响，十分悦耳。

古人的卧房中都有屏风，温庭筠笔下的这座屏风上面画着叠嶂起伏的翠绿山峰，都说女子精心勾勒的眉毛远远看去像黛色的远山，屏风上的山峰远远看去，又像女子微微皱着的眉毛。香炉中燃着云母熏香，蒸腾起的香雾隐约映衬出一个朦胧的身影。

春日乍来，春寒犹在，微凉的春风吹凉了头上的发簪，在头发上随意地垂下。在卧房的床边，还有一只兔子形状的香炉，香雾弥漫，从敞开的窗口悠悠飘到了室外，将窗外的柳树也笼罩在了烟雾中，无意看去，仿佛来到仙境。

房中的锦被一端已经坠落到床下，可是床上却没有人在睡觉。一名女子正在房内来回踱步，一阵凉风从窗口吹入，女子头上的凤尾发簪吊坠在风中缓缓地摆动了几下。

窗外已经呈现出一片春景，蜜蜂嗡嗡地忙着采蜜，蝴蝶忙着在鲜花丛中尽情飞舞，这是多么迷人的春日美景！柳丝已经长长，轻轻地爱抚着红色的栏杆，青青的小草也长到了可以在春风中拂动的高度。

女子想必是刚刚醒来，看着青草地上落满了梨花，春风吹皱了一池春水，也吹皱了她平静的心湖。

无论从卧房的布置还是女子的装扮，都知道她生在富贵人家，可是物质的丰富却填不满内心的空虚，房间里和身上的一切都是冰冷的。别人眼中的春日美景，在女子看来却是满眼春寒料峭的凄凉，虽然无须为生活发愁，女子却丝毫感受不到生活的快乐。

温庭筠并未勾勒出女子的容貌，却让人自然而然地感受到她有着孤寂清冷的身形，女子的心事也在诗句中跃然纸上，闺中春愁，其实也像极了温庭筠自己的心事。

温庭筠已经年过六旬，在世人的眼中，他依然一事无成。如果他能就此放下，也许还能在美好的诗词中快乐地走完最后的人生，可他偏偏不甘心，即便飞蛾扑火，也要做最后的尝试。

咸通四年（公元863年），徐商提升为同中书门下平章事，他是温庭筠生命中的贵人，当初调离襄阳，迫不得已不能将温庭筠带在身边，如今入朝为官，他一定要为温庭筠安排一段锦绣的前程。

在徐商的照拂下，温庭筠以一介白衣的身份，成为了国子监助教。这是一个从六品的官职，虽然是个闲官，但从品级上来看，已经不算低。温庭筠穷极一生都没有满足科举高中的心愿，如今任职京师，也总算圆了他的一桩夙愿。

徐商对温庭筠有知遇之恩，在温庭筠的诗句中，也曾表现出对徐商的感激之情：

休浣日西掖谒所知

赤墀高阁自从容，玉女窗扉报曙钟。日丽九门青锁闼，雨晴双阙翠微峰。

毫端蕙露滋仙草，琴上薰风入禁松。荀令凤池春婉娩，好将馀润变鱼龙。

这首诗作于咸通七年春天，温庭筠在国子监助教的位子上已经坐了半年。他知道，没有徐商，就没有自己如今的地位，因为坐到了更高的位子上，眼前的风景也变得别致了起来。

与从前的穷困落魄相比，温庭筠此时的姿态明显从容了许多。一场春雨刚刚过去，天气变得风和日丽，雨后阳光照耀着翠微峰，雨水也滋润着春日里的青草。青草上还挂着晶莹剔透的雨滴，仿佛是来自仙界的蕙草。

不知从哪里飘来了悦耳的琴声，春雨过后，春风变得温暖了起来，吹在身上暖烘烘的，还带来了松树的清香。

能够如此悠然地欣赏春景，温庭筠十分感激徐商，因为有了他的赏识，温庭筠才有了一次鱼跃龙门化身为龙的机会。

因为心情变得明媚，温庭筠的诗也跟着一同明媚了起来：

咸阳值雨

咸阳桥上雨如悬，万点空濛隔钓船。

还似洞庭春水色，晚云将入岳阳天。

那一日温庭筠走在咸阳桥上，雨水毫无征兆地滴落下来，包括温庭筠在内的过往行人都躲闪不及，被雨水浇了个正着。

温庭筠却并不急着躲雨，反而悠然地欣赏起了雨景。阵阵微风吹斜了雨丝，远远望去就像凭空垂下的一副水晶帘幕。整个天空都弥漫着细细的雨丝，温庭筠与湖中停泊的钓鱼船之间，仿佛被雨水的帘幕分隔开来，别有一种朦胧的美。

温庭筠想起了洞庭湖上烟波浩渺的春色，与此刻眼前的景象是那样相似。天上的云彩厚厚的，承载着满满的雨水，渐渐飘入岳阳城的上空。

在温庭筠看来，天上的云朵是那样俏皮，似乎在咸阳桥这里落雨浇湿行人还不够，还要到岳阳城中去捣蛋，要浇湿更多的人。

咸阳桥是长安城北门之外横跨渭水之上的一座桥，古时从长安去往西北，咸阳桥是必经之路，也是人们送行之处。它见证了太多悲欢离合，也见证过朝代的更迭，温庭筠在这里也曾留下伤心的诗句，可如今，灰暗的记忆已经被统统抛开，只剩下雨中闲适的心情。

一幅美好的春日画卷就这样在温庭筠的笔下铺陈开来。也许咸阳桥上的雨原本并没有那样美好，可是因为心情好，自然而然就为这场雨渲染出别样的色彩，甚至将这样的景色与洞庭湖那类似仙境的美去做比较，可见温庭筠此时的心情大好，对故乡的思念变成了美好的回忆，不再是满腹忧伤。

温庭筠的心中不仅有美好的景致，更有澎湃的激情。原来人的激情不会随着年龄的增长而泯灭，只要给他一个出口，就如同打开了一道闸门，澎湃的激情会纵情宣泄：

拂舞词

黄河怒浪连天来，大响谹谹如殷雷。
龙伯驱风不敢上，百川喷雪高崔嵬。
二十三弦何太哀，请公勿渡立徘徊。
下有狂蛟锯为尾，裂帆截棹磨霜齿。
神椎凿石塞神潭，白马趁趯赤尘起。
公乎跃马扬玉鞭，灭没高蹄日千里。

诗中的黄河波涛滚滚，声势浩大而又汹涌，仿佛是黄河在发出阵阵怒吼，震耳欲聋。

都说“黄河之水天上来”，猛烈的水势一路“奔流到海”，那水势之猛，就连海中的龙王都不敢与之抗衡。河面上时而掀起如同山峰一样高的水浪，一定有人从未想到，黄河竟然还有如此险恶的一面，但却一定时常可以听到有人弹着箜篌用哀痛的声音劝阻人们不要过河。

据说，黄河汹涌的波涛下面还有疯狂的蛟龙，它有着如同锯子一样的尾巴，还有能咬断船桨的锋利牙齿。可是终究还是有人不怕蛟龙，他有神赐的锥子，凿开巨石，填满蛟龙居住的黑色深潭。他凿开巨石的时候，散落的石块扬起红色的尘土，仿佛千军万马奔腾而来。那凿开巨石的人，跳到马背上，高高地扬起马鞭，迅速向前冲锋，一日千里，消失在波涛之中。

此时的温庭筠，诗词中除了一贯的柔美，又增添了一抹磅礴大气。世人都道黄河凶险，可温庭筠偏偏就要做那个敢于渡河的人。他从未恐惧过死亡，也从未在小人面前害怕退缩，其实，那汹涌的黄河就是残酷的现实，而隐藏在深潭之中的蛟龙就是躲在阴暗之处的小人。

一不留神，正直的人就会遭到小人的陷害，与邪恶的力量相比，温庭筠的一己之力显得有些微弱。尽管螳臂当车，他也想要试一试，执着得如此疯狂，终于让他自己深陷险境，再无翻身之日。

红豆·入骨相思知不知

多情的春风绣出了一路繁花，妖娆地亲吻着娇羞的花朵，如同情人温柔的爱抚。猛然间，那春风变了脸色，如同冬日的寒风一般凛冽刺骨，猝不及防就掀翻一地落红，再不能重生。

国子监助教的确是一个闲职，平日里并没有太多事情，温庭筠坐在这个位子上，主持过的唯一一件大事，就是咸通七年的秋试。

按照惯例，参加国子监秋试的考生都要向礼部交纳诗文，交纳的时间在考试前一年的冬天，每位考生都要从自己的旧作当中挑选一些精彩的诗文交给礼部。这些诗文与当年科考的题目无关，没有了题目的限制，反而更容易出彩。

如果考生通过国子监的考试，这些旧诗文就要先在国子监张榜公示，再申报到礼部张榜公示，为的是显示这些考生的确有才华，也彰显朝廷科举制度的公正。

温庭筠的职责除了以国子监助教的身份主持秋试，还要将考试合格的名单上报给礼部，好让这些考生参加明年春天的进士考试。为此，温庭筠特意撰写了一篇文章：

榜国子监

右前件进士所纳诗篇等，识略精微，堪裨教化；声词激切，曲备风谣。标题命篇，时所难著。灯烛之下，雄词卓然。诚宜榜示众人，不敢独专华藻。并仰榜出，以明无私。仍请申堂，并榜礼部。咸通七年十月六日，试官温庭筠榜。

这是一篇公示的榜文，这场考试的结果可以改变众多考生的命运，没想到也让温庭筠的命运彻底跌落谷底。

如果将这篇榜文翻译成现代文，那么我们将会看到如下的内容："通过国子监秋试合格的乡贡进士所交的诗篇，因为受题目的限制，不一定是考生真正想说的话，也未必是好作品。而从进士们的旧作中选取的作品，才有可能反映考生们真正的见识和水平，才有可能做到'识略精微，堪裨教化；声词激切，曲备风谣'。所以，现在把考生平时写的一些言词激烈的作品公布于众，以表明朝廷的公正无私。考官温庭筠。"

温庭筠写出这样一篇榜文并没有诋毁他人的意思，只是因为他在意自己的职务，想要真正做到公正无私。温庭筠是最有资格替优秀考生说话的人，因为他在四次科举中连续落第，他不希望其他考生也有和他相同的遭遇。

这原本是一种善意之举，既能不埋没人才，也能彰显朝廷的公正，然而，温庭筠此次公布的考生诗文，大多都是在用激烈的言辞讽刺时政、揭露腐败，这难免刺激到一些人敏感的神经，其中一个就是当朝宰相杨收。

在当朝的四位宰相当中，杨收的资历最高，他是一个生活奢靡之人，还凭借权力纵容他的门吏奴仆仗势欺人，以权谋私。而温庭筠张榜公布的考生诗文当中，就包括邵谒的《岁丰》，诗中写道："皇天降丰年，本忧贫士食。贫士无良畴，安能得稼穑。工佣输富家，日落长叹息。为供豪者粮，役尽匹夫力。天地莫施恩，施恩强者得。"

温庭筠对邵谒的赏识，缘于他们同是不愿为五斗米折腰、不服于世的倔强之人。邵谒原本是苦寒出身，后来在翁源县担任小吏，一天县衙来了客人，县令让邵谒去铺床接待，这本不是邵谒的职责，邵谒也不愿服侍他人，于是拒而不从。县令大怒，斥责了邵谒一顿，邵谒竟然拔出刀割下了自己的一段头发，悬挂在县门上，还在这里立下誓言：“学苛不成有于发。”

之后，邵谒来到罗江水域的小岛上隐居苦读三年，学业大有长进，终于在咸通七年考中进士。

别人都祈祷风调雨顺，邵谒却高呼着“天地莫施恩”，因为他看到岁丰的年月里，穷人却遭受着剥削，被迫成为富人的佣工，只有富人能得益。因为土地分配不均，官府征收苛捐杂税，赤裸裸的现实一旦被揭开，残酷得简直让人害怕。而宰相杨收，自然而然就把自己归入了邵谒抨击的一类人里。

从此杨收对温庭筠深恶痛绝，就在此时，他又看到了一首温庭筠旧时所写之诗：

蔡中郎坟

古坟零落野花春，闻说中郎有后身。
今日爱才非昔日，莫抛心力作词人。

诗中的蔡中郎，就是东汉末年的著名文人蔡邕，因为曾经官至左中郎将，所以人称蔡中郎。一次温庭筠偶然路过蔡邕之墓，六百多年过去，蔡邕之墓已经变得残破不堪，不知多久没人来扫墓，这里已经变得一片荒凉，只有野花在周围零星开放。

关于蔡邕的出生有一个传说，据说张衡死的那天，蔡邕的母亲刚好怀孕，蔡邕出生之后，容貌与张衡十分相似，所以人们说蔡邕是张衡的后身。温庭筠猜测，蔡邕死后也一定留有后身。

蔡邕生活的年代，是政治十分黑暗腐朽的年代。他曾经上书朝廷谏言，却惨遭诬陷，落得流放的下场。虽然董卓一度重用蔡邕，可最终他还是在狱中惨死。温庭筠不禁感叹，如今也有许多像蔡邕一样的有才之人，可惜连受到重用的机会都没有，他自己也是其中一个，即便尽心去写作，也不过是白白浪费自己的心力而已。字里行间隐含着温庭筠对当局不爱惜人才的不满与感叹。

诗中的内容再一次抓住了杨收的痛脚，对于温庭筠，他一定要除之而后快。放榜之后不久，杨收就想方设法给温庭筠寻了一个罪名，将他贬至方城。如果说上一次被贬隋县，是温庭筠自己“扰乱考场”所致，那么这一次被贬方城，温庭筠完全是冤枉的。

杨收在朝中的势力极大，就连徐商都无法挽救温庭筠，他更没有想到，温庭筠被贬方城仅仅两个月就离世了。

没有人知道温庭筠的具体死因，也许是因为他已年老，再加上遭到贬黜的刺激，让他身心都遭受了重大打击；也许是杨收不甘心就此罢休，想方设法置他于死地。可惜历史无法倒带，我们永远不能回到一千多年前的晚唐，去追究温庭筠的真正死因，只能传唱他留下的唯美诗词，感受“花间鼻祖”失意而又不羁的人生。

据说，温庭筠死后，他的儿子温宪也曾参加科考。当主考官知道他是温庭筠的儿子，竟然借口“其父文多刺时，复傲毁朝士”，不得录用。

也许连温庭筠自己都没有想到，他的桀骜与耿直竟然能祸及子孙，不禁让人想起温庭筠在第一次科考落第之后创作的那两首诗：

新添声杨柳辞二首

其一

一尺深红胜曲尘，天生旧物不如新。
合欢桃核终堪恨，里许元来别有人。

其二

井底点灯深烛伊，共郎长行莫围棋。
玲珑骰子安红豆，入骨相思知不知？

这是当年温庭筠在科举落第之后与好友裴諴在欢宴时为小曲填的词，他最先吟唱的就是少女的新衣，深红色的裙子配着浅黄色的衣服，两个颜色映衬在一起是那样漂亮。情窦初开之人都喜欢用新衣打扮自己，仿佛一切只有新的才是最好，因为喜新厌旧本是人的天性。

不过，衣服是新的好，人却还是故人最亲。这样浅显的道理并不是每个人都能明了，你看这颗核桃，外形虽然长成了心形，里面却有两个核桃仁，就像心上人的心里还住着别人。

第二首词则是在描写相思，词中的主人公在怀念往日，她曾深深叮嘱自己的情郎，分别以后一定要如期归来，千万不要让她还在这里等待。可惜这不过是一场空等，如今归期已至，离人却没有如约归来。女子看着骰子上面的一颗颗红豆，人说红豆就是相思豆，不知远方的离人知不知道她的相思之情已经痛彻心扉。

之前的科举落第，是因为人们诬陷温庭筠品行不端，专爱写侧艳之词，他从未想过，那些缠绵悱恻的诗词，竟然能毁了他的一生。

如今，历史已经尘封，千百年前的好与坏，也无须再去过多品评。温庭筠留下的诗词首首扣人心弦，如同繁花盛开般美好，也能让人感受到行走于花间的香与暖。但愿温庭筠去的那个世界再无纷扰，让他纵情徜徉其间，做个浪漫的行者。

后　记

世人对温庭筠的一生褒贬不一，有人说他浪荡成性，沉迷花间，也有人说他是多情才子，生性不羁；有人说他天性傲慢，恃才傲物，也有人说他生性耿直，不曲意逢迎。

一千个人心中就有一千个哈姆雷特，一千个人心中也有一千个温庭筠。一阕诗词，在芬芳的花间流连，也书写了温庭筠一片片荒芜的心事。

说到唐代才子的不羁，人们总是会想起李白，因为他出生在盛唐时代，一身清新脱俗的傲骨，被贺知章赞为“谪仙人”。于是，人们便忘记了生活在晚唐的温庭筠，忽略了他那在花间缱绻吟唱时的不羁笑容。

出身名门，并未给温庭筠带来半点荣耀，相反却成为了他生命中的负累。如果没有先祖温彦博留下的辉煌家史，也许温庭筠的一生都无须在功成名就与潇洒天涯之间纠结。

他渴望过悠然自得的生活，纵然人们说他浪迹花间，沉湎声色，至少这是他想要的生活。可是背负着家族的光环，纵然这光环早已照耀不到他，他依然想要用功名来为家族的荣耀证明。

温庭筠的一生，是成功还是失败，各有不同的看法。也许他的失败全部是自己造成的，既然想要考取功名，就要懂得随波逐流；既然想要悠然自得，就要放弃在功名利禄上的得失。

也许在仕途上，温庭筠是失败的，不过，在诗词中，他却是“花间词人”的鼻祖。他开创了一个流派，浅吟低唱之间，就暖了春日，醉了红颜。他用唯美的韵脚记录下最柔美的岁月，为后人留下了无限幻想，也为沉迷于诗词之人，打造了无数美梦。

他一生都不曾真正得意过，上天总是一次又一次和他开着玩笑，在梦想破灭时，为他照耀出一丝曙光，他还来不及与曙光展臂相拥，就被彻底打入人生的深渊。

温庭筠的晚景是凄凉的，但是，岁月从来都未曾磨圆他的棱角，直到生命的最后一刻，温庭筠依然没有与世俗同流合污。纵然命运多舛，他洋溢的才华却并未泯灭。

在本书创作过程中，很多老师都付出了努力，在此要一一向各位老师致谢，他们是高婉卓、杨莉芳、陈雪、杜馨、贺艳琨、胡蝶、姜日锋、李寒冰、曹盛敏、刘丽娟、彭东、吴丽丽、王洋、李庆玲。各位老师在本书创作过程中的各个环节均有不同程度的参与，为本书的顺利出版做出了贡献，也正因各位老师的积极配合才使得本书能够将更好的内容展示给读者。